绿 宝 石

Fall into your light

银八 著

有个人暗恋我十一年

You Ge Ren An Lian Wo Shi Yi Nian

北京联合出版公司
Beijing United Publishing Co.,Ltd.

目录

CONTENTS

A Crush for Eleven Years

第一章
低头，吻我

曾几何时，眺望她的背影，是他最擅长的事情。

2010年年末，冬天的小县城终于热闹了一些，到处洋溢着春节的喜气。

外出务工的人陆陆续续回城，平日里宽敞的街道上多了一些外地的车牌，通往县城中心的地方也开始堵起了车。变化最明显的是县城中心的各个商铺，无论是卖什么的，这个时候的客流量对比一个月前都有明显的激增。

谢灵凌回来已经有三个月，也终于再次适应了这里的缓慢节奏。只是这会儿她望着不远处的堵车队伍时，不由得还是会恍惚觉得自己似乎还在大城市里遭遇着拥堵的早高峰。

她大学在一线城市A市就读，毕业之后就一直留在那里工作。A市是一个国际大都市，有着永远五光十色的街道、永远傲慢的当地房东、永远两个小时的通勤时间，还有永远也做不完的工作。

三个月前，谢灵凌向公司人事部提交了辞呈，将自己所有的行李打包，回到了小县城。

小县城和A市有着截然不同的生活方式，这里的人永远都是慢悠悠的节奏，街上的车辆也永远都是慢慢悠悠地行驶。人们在这里似乎感受不到什么压力，也不用去在意自己的穿着打扮是否光鲜靓丽。

两周前，高中同学周卢给谢灵凌打电话，邀请她参加高中毕业十周年的同学聚会。

当时谢灵凌倒也没多想，觉得日子有些枯燥无聊，便痛快地答应了年底的这场高中同学聚会。只是她忽然有些感慨，现在的聚会居然动辄以十年为单位，真是岁月催人老。

谢灵凌捡到钱包的时候，聚会已接近尾声。三三两两的人起来，握手的握手，分名片的分名片。有些同学真真是十年都没有照过面，有人当了医生，有人当了教师，有人成了公务员，还有人成了消防员……

谢灵凌不才，只是一个小小的花店老板，似乎并没有什么可以笼络的，所以即便她从一进门就顶着当年校花的头衔成为众人的焦点，这会儿却没人给她递名片。

有不少人已经先行离开，谢灵凌从卫生间回来拿自己的包，准备走的时候在椅子旁踩到了这个钱包。

黑色的羊皮短款钱包，是十分普通的款式，但里面似乎有不少证件，厚厚的一沓。

谢灵凌举起钱包轻声问了问："谁掉钱包了？"

众人闻言停止交谈，纷纷把脑袋转向谢灵凌，大多数人都没有说话，因为失主并不是自己。没有一个人出来认领。

但左右是在这个包间里捡到的钱包，失主肯定在这堆人里。

在县政府当秘书的周卢出声道："人会不会已经走了？打开钱包看看里面有没有什么证件。"

于是当着众人的面，谢灵凌打开了钱包，映入眼帘的居然是她的照片，高中时候的照片——两寸照，蓝底，照片上的她穿着校服，长发披肩，眉清目秀。

自己的照片，谢灵凌自然一眼就认出来了，只不过由于拍摄年代过于久远，这张照片就连她自己都没有。

这一幕其实并没有人注意，只不过谢灵凌觉得过于诡异。老同学聚会，她居然阴错阳差捡到一个塞着自己照片的钱包，这算怎么回事？

谢灵凌快速从钱包里翻到一张身份证，得知钱包的主人名叫于晁。

于晁几乎可以说是今天这场老同学聚会的焦点人物。

刚刚经历过一场大爆炸事故救援，作为一名消防员的于晁九死一生，被记了一等功，登了本市报纸头版头条不说，还上了央视新闻。

人人都说他是英雄。

今天于晁到场时，身上还带着未痊愈的烧伤。同学们在高度赞赏他的同时，不免又讨论到他的个人情况。有为于晁介绍对象的；也有已经结婚的女同学袒露当年暗恋心声的，这个女同学调侃说自己现在反正已经成家，再不说就成了遗憾。

于晁全程表现谦虚，面对调侃能够从容应对，甚至还自黑了一把，赚足了好感。

谢灵凌自然也注意到了于晁。

相较于高中时，于晁现在的变化非常大，或许是当过兵的原因，他留着男人味十足的寸头，五官线条刚毅、流畅，再加上有一米九的身高，他肩宽腰窄腿长，整个人看起来高大威猛，荷尔蒙爆棚。

今晚第一眼见到于晁的时候，谢灵凌脑海里下意识地就想到自己看过的英雄电影，感觉于晁简直就是从电影里走出来的型男。

但他们毕竟太陌生了，彼此之间甚至连招呼都没有打一声。高中那会儿他们接触不多，当时谢灵凌和于晁的好朋友谈恋爱，于晁帮着打过几次掩护。加上高三分班，高中毕业以后他们再没有任何联系，要不是同学聚会，大概在街上碰到了也会装作不认识。

谢灵凌捡到的这个钱包就是于晁的。要不要这么“狗血”?

不怪谢灵凌多想，实在是证据就摆在她的面前。如果于晁不是暗恋她的话，为什么钱包里会塞着她高中时期的照片?

合上了钱包，谢灵凌宛若无事发生般问周卢:“于晁呢? ”

周卢说:“他啊，在隔壁包间呢，好像是遇到了县里的几个领导，正拉着他说话。”

谢灵凌了然地点点头，说:“钱包是他的，我去还给他。”

正如周卢所说，于晁的确是在隔壁的包间。包间门并没有关严实，于晁正侧身背对着谢灵凌坐在椅子上。

包间的灯光十分明亮，清晰地照射在于晁分明的五官上。从谢灵凌的角度看，于晁的肩膀很宽，后颈的短发清爽利落。他身着一件黑色毛衣，此时衣袖上卷，一只手搭在桌子上，露出结实、有力的臂膀。手臂上有烧伤的印记，泛着粉色，但丝毫不减他坚毅的男人味。

不知道领导说了句什么，于晁一只手举着一个酒杯恭恭敬敬地站了起来。

得，一等功的人也避免不了酒桌文化。

谢灵凌不能否认自己对于晁是感兴趣的，他一个快三十岁的男人，留着短到几乎贴皮的头发，长相极佳，身材极佳，堪称黄金单身汉。毕竟高中毕业都已经十年，他褪去了少年的青涩感，更符合她现在对于男人的审美。

倘若今晚谢灵凌没有捡到这个钱包，没有看到钱包里的这张照片，她肯定不会起什么歪心思。

可现在说心里没什么，那是骗鬼的话。谢灵凌在感情上已经有两年空窗期，她如今早不是“恋爱脑”，但也想要一段露水情缘。

等待于晁的工夫，谢灵凌顺便抽了根烟。

平日里谢灵凌没什么烟瘾，只不过遇到一些烦心事时，她总会想要抽上几根。

她倚在墙边，纤细的手指上夹着一根细长的女士香烟，栗子色的波浪长发披肩，颇有点儿风情万种的意思，经过她身边带着酒气的男人总会下意识地把目光黏在她的身上。

也不知道脚下落了第几个烟头后，谢灵凌终于看到于晁的身影。他将外套搭在手上，嘴角含着阳光的笑意在和旁边的啤酒肚男人说话。啤酒肚男人应该是喝多了，一直拉着于晁的手喋喋不休。于晁搀扶着对方耐心地聆听，没有表现出一丝不耐烦。

这么一对比，更突显于晁的身高和身材万里挑一。

谢灵凌很有耐心地看着于晁将人送上车，这才不紧不慢地喊了一声他的名字：“于晁。”

想来于晁也是有些意外的。他循着声音的方向转过身，有些怔怔地看着谢灵凌。在刚刚的同学聚会上，他们两个人没有说过一句话，甚至不曾有过对视，如同陌生人。

在谢灵凌看来，此时的于晁看起来有些呆呆的样子，和他那副舍己救人的英雄模样有些反差，也有些可爱。

谢灵凌又喊了他一声，说："对，叫你呢。"

于晁没再犹豫，几步走到谢灵凌面前，步伐沉稳，又带了些许的不怒自威。

谢灵凌也不说什么废话，将钱包拿出来递给于晁："喏，我刚才捡到的。"

于晁看着谢灵凌手上的钱包，低声说了声谢谢。他伸手要接，不料被她敏捷地躲过。

他们离得近，他一米九的身高，她一米六五的身高，相差悬殊。但谢灵凌一脸狡黠的模样，并没有因为自己矮了对方二十五厘米就低人一等。

谢灵凌故意将钱包放在自己背后，低笑一声："你是不是应该跟我说点儿什么？"

于晁看着她，一双明亮的眼眸看着特别干净、纯粹。他说："谢谢你捡到我的钱包，让你久等了。"

谢灵凌摇头："我要听的不是这句。"她又善意地提醒道，"为什么你钱包里有我的照片？"

于晁只是看着她，没有说话。

他真的很高，她仰头仰得脖子发酸。她说："你不回答的话，我就当你暗恋我了。"

于晁终于开口："钱包还给我吧。"

谢灵凌心想，无趣，把钱包还给了于晁："看看里面是不是少了东西。"

是少了的。谢灵凌把自己那张照片给抽走了。

于晁自然是第一时间发现，但他以什么理由向她要回照片呢？事实上，他很淡定，英俊的脸上带着足够的严肃，低头问她：“照片呢？”

谢灵凌微微扬眉：“那是我的照片，所以我拿走了呀。”

“是我的。”于晁的声音低沉瓷实，无疑是很好听的。“男人味”一词在他身上被彻头彻尾地体现出来，不论是体魄还是声音。

谢灵凌本不想招惹于晁的，实在是他勾得她心里痒痒的。

今晚势必要有一个结果，似乎是她不还照片，他就不会善罢甘休。

谢灵凌半倚在墙边，朝眼前的男人缓缓吐了一口烟，笑意盈盈：“于晁，你现在要不要睡我？”

这句话说出口的时候，谢灵凌自己也有些惊讶。她自认大胆，但也没有大胆到这个地步，想来是酒精作祟，体内的邪恶因子出逃。

可谢灵凌万万没有想到于晁会是这种反应，只见一个堂堂身高一米九的男人红了耳郭，像只害羞的纯情大狼狗般眼神闪躲。

谢灵凌忍不住笑了：“逗你的！”

于晁却说：“可是，我当真了。”

当时夜色分明，男人的视线对上她的视线，他刚毅的脸上带着坦诚和直率，像是一汪清澈见底的湖水，看得谢灵凌心里一哆嗦。

不知是不是他们两个人外形都醒目，即便是在墙角说话，从餐厅里出来的人也总会下意识地打量他们一眼。好在，于晁高大的身形替谢灵凌遮挡了不少探索的目光。

谢灵凌正思忖着该怎么收拾这个残局时，于晁抓住了她的手腕，不给她任何解释的机会，道：“走吧，去我家。”

* * *

如果把高中时那段不懂事的感情加上，谢灵凌一共经历过三段恋情，她太了解男人这种生物，他们只有被挂在墙上的时候才会老实。

男女之间的关系，只要彼此不戳破，仍可以维持恩爱模样。不过，谢灵凌不行，她有精神洁癖。更不幸的是，这三段感情都是因为她发现男方不忠而宣告结束。

至此，谢灵凌没有想过于晁会是那个例外。但让她意外的是，于晁居然弯下了腰，将她刚才扔在地上的烟头全部捡了起来。

这是要干吗？

于晁一只手拉着谢灵凌纤细的手腕，一只手拿着那几个破碎的烟头，几步走到一个垃圾桶旁，干脆利落地将烟头扔了进去。

对于晁来说这是习惯使然，从前的部队生活加之本身就爱干净，随手扔个垃圾并不是什么稀奇的事，只不过从始至终，他攥着谢灵凌手腕的力道有些大，好像生怕她会跑掉似的。

谢灵凌还真的想过逃，一时嘴快和心里所想不一定是一件事。如果被他拒绝她这会儿或许还会心心念念，但是他答应得太快了，以至她有些后悔。

老同学之间发生暧昧关系，以后再见面多少总是会尴尬，要是再被别人知道，又会成为八卦谈资。

这个社会对女人总不像对男人那样包容，就好比她会抽烟这件事，就遭遇过不少有色眼光。谢灵凌在抽烟这件事上或多或少有些叛逆的思想，她总觉得，为什么男人可以抽烟，女人就不行？

她原以为于晁或多或少会对她抽烟一事发表一些“意见”，但意外的是，他并没有。

上车之后，于晁终于松开了谢灵凌的手，他俯下身，贴心地为她扣上安全带。

谢灵凌眼睁睁地看着于晁和自己之间距离拉近，她不至于心头小鹿乱撞，但闻到男人身上那股淡淡的气息时，呼吸的节奏还是乱了一拍。

咔的一声，安全带扣好。于晁抬起头，视线与谢灵凌短暂相交。

谢灵凌背脊贴在车座上，被迫直视于晁的双眼。这种非正常社交的距离，将这狭小的车厢里暧昧的氛围拉满。

不能确定于晁是刻意为之还是无心挑逗，但无论如何，他的举止并没有让谢灵凌反感，反而，让她有一些心动。

看着于晁坐上了驾驶座，谢灵凌善意地提醒道：“你喝酒了。”

于晁说：“没喝。”

没喝吗？她刚才明明看到了。

于晁松了手刹，好像能听到她心中所想似的解释道：“成为一名消防员之后我再也没有喝过酒，以防随时而来的任务，刚才在餐桌上也都是以茶代酒。”

谢灵凌了然地点点头。

她对消防员这个职业知道得不多，只知道是救火的。不过，后来她才知道，消防员所参与的工作也不只是救火这么简单，但凡哪里有救援的任务，哪里就会有他们的身影。

街景倒退，小县城的夜晚无论如何都无法与大城市比，少了鳞次栉比的高楼大厦，也少了迷人眼球的五光十色，但多了一分踏实感。

谢灵凌坐在车上听着歌，莫名有一种很奇怪的感觉，明明彼此很多年没有见面，但于晁表现得两个人像是相识多年的关系。

于晁忽然开口：“晚上吃饱了吗？需要再找个地方吃点儿吗？”

他说话时莫名给人一种很沉稳的气场，似乎等会儿要去做的是一件很严肃的事情。

谢灵凌今晚的确没有动几下筷子，但她并不觉得饿：“不用了。”

气氛倒也谈不上尴尬，因为谢灵凌光顾着听歌了。于晁的车是一辆经济型的合资车，车载音响效果不错。

Picture perfect memories scattered all around the floor

记载美好回忆的照片都散落在地板上

Reaching for the phone cause I can’t fight it anymore

伸手去拿电话因为我再也无法抗拒

And I wonder if I ever cross your mind

我想知道我是否偶尔浮现在你的脑海

For me it happens all the time...

对我来说这是经常发生的……

…………

这首歌是通过车载U盘播放的，但是谢灵凌也能跟着哼。她倒是没有想到，于晁喜欢的歌曲和她的歌单很贴合。

三首歌的时间，于晁就将谢灵凌带到了自己家楼下。

车子熄火，音乐声戛然而止。

谢灵凌不想考虑太多了，饮食男女，及时行乐，想那么多又能怎么样呢?

于晁的住处位于县城一个老小区，房子虽然是老房子，但是地段好，出门是整个县城最好的小学和初中，所以很多人挤破了头都要买这里的房子。

但是于晁住在六楼顶楼，这就让谢灵凌觉得太难了。她平时不爱运动，爬那么高的楼梯真的难为她。

反观于晁，他倒是面不红气不喘。到底是个正儿八经的消防员啊，平日里肯定少不了各种锻炼，爬个楼梯对他来说又算什么，更何况还是他自己的住处。

走在后面的于晁居然还笑她："要不要休息一会儿？"

谢灵凌转过头埋怨地看着他。她的长相并非娇弱型，可她用这种眼神看人，满脸写着无辜。

于晁落后她一个台阶，视线却与她平齐。她猝不及防一个转身，整个人像要扑进他的怀里。

他的呼吸一滞。

谢灵凌不知道是不是因为自己太久没有和异性有过这种超出社交范围的距离，以至她的呼吸忽然变得有些急促，心跳也有些快。她必须承认自己是"外貌协会"的，倘若这会儿站在她眼前的于晁是个肥头大耳的猪头，她肯定不会有这种少女怀春的感觉。

十年时间里，于晁的变化真的太大了。他从一个男孩长成了男人，从稚嫩到成熟，每一寸都在吸引着谢灵凌。

谢灵凌就这么看着于晁，一寸寸地审视。

于晁也任由谢灵凌打量，看似没有半分拘谨，实则手心微微发烫。

楼梯间的灯是声控的，两个人停下来没一会儿，暖橙色的灯光就暗了下来。谢灵凌尴尬地轻轻咳了一声，转身继续往楼上走。

于晁终于可以轻轻松一口气。

他走在后面，视线直直地落在她的后背上。曾几何时，眺望她的背影，是他最擅长的事情。

一层两户，六楼只有于晁这一户在居住。

房门打开，映入谢灵凌眼帘的是干净整洁的环境。简单的白墙、白色瓷砖地板，客厅里摆放着一张三人座沙发，小茶几上看着一尘不染，一眼望去，所有东西都井井有条。

于晁从鞋柜里拿出一双全新的拖鞋，很大，男士的。他对谢灵凌说："抱歉，我这里没有准备女士拖鞋，麻烦你将就一下。"

谢灵凌换了拖鞋，一旁的于晁很自然地将她的毛毛单鞋整齐地摆放在了一旁，是个"细节控"。

她忽然抬头看着于晁，直勾勾地看着他黑白分明的双眼。

这一眼毫无疑问看得于晁方寸大乱。这些年他出过很多紧急任务，救过很多人，见过很多悲欢离合，但谢灵凌对他造成的震动永远都是最深的。她不用做什么，只是一个眼神、一个动作就能让他慌乱。

于晁一顿，问："怎么了？"

谢灵凌微微笑："怎么了？你说怎么了？"她说着朝他靠近一些。

于晁的背脊几乎抵在门上，他还没有换鞋，也根本来不及换。

谢灵凌的气息就这么扑了过来，她歪着脑袋看他，用手指点了点他的胸膛：“暗恋我多久了？”

多久了？这个问题于晁也这样问过自己。可无论多久，又能如何呢?

谢灵凌试探着询问：“从高中开始？”

于晁摇摇头，又点点头：“高三。”

“高三啊。”谢灵凌算了算，“今天是高中毕业十周年的聚会，所以，有十一年了？”

于晁没有否认。十一年，他再清楚不过。

他从未想过自己是个长情之人，可心里自始至终只有一个她。今晚的这场聚会，他虽然在和别人交谈，可所有的心思都在她的身上，但她不知晓。

他看到她默默地翻阅手机，看到她端起杯子抿了一口酒，看到她百无聊赖地夹了一口虾仁……

她还是和以前一样，很爱走神；她还是和以前一样，不会看到他。

事实上，谢灵凌对于有一个人暗恋了自己十一年这件事还是觉得很不真实。主要是，她觉得这个世界上不可能有这么长久的暗恋，更何况对方还是一个男人。不过，她也懒得去猜测、纠结到底是真是假。

谢灵凌又朝于晁凑近了一点儿，声音充满蛊惑：“所以，你想过吗？”

于晁颇为正直地询问：“想过什么？”

谢灵凌伸手拽住于晁的衣襟，与此同时踮起自己的脚，气息喷洒在他的面前：“想过吻我吗？”

她看到他凸起的喉结微微耸动，像一块菱形的宝石，让人忍不住想要伸手碰一碰。

于晁坦承，他想过。他曾经是个血气方刚的少年，梦里辗转反侧，魂牵梦萦。

谢灵凌笑了笑，拽着于晁的衣襟，一脸狡黠地对他说：“低头，吻我。”

第二章
暗恋

这十一年的暗无天日在今天见到了光明。

只玄关处开了一盏灯，灯光自上而下照射在他们两个人的身上，好像画了一道无形的界线。孙悟空用金箍棒为唐僧画了一个圈，是阻止圈外的妖精，但谢灵凌这个妖精就在圈里。

对谢灵凌来说，于晁真的太高了，即便他低头，可她仍然不能轻易触碰到他。更何况，他并没有足够臣服。

对于谢灵凌的邀请，于晁是带着几分顾忌的。

“不敢吗？”谢灵凌几乎是用气声询问的，带着些微的叹息，明明彼此之间并没有实质性的举动，可她心跳快，呼吸也急。

于晁干脆把脸撇向一旁，他的确不敢看她的双眼。少女变成了女人的模样，风情万种，一颦一笑都让他的心尖发颤。梦想变得触手可及，却隐隐地带着不安和不真实。

谢灵凌觉得于晁这种反应有些反差感的可爱，她知道他不敢，于是故意逗他：“在餐厅门口的时候你胆子不是挺大吗？”

他沉默。

她继续指控：“带我回家，就这样对我？”

于晁微微侧着脸，低着头，像一个做错事的大男孩。他低声说了一句：“抱歉。”

谢灵凌明知故问：“抱歉什么？”

"我……"于晁又无法违背自己的本意，他的确有过那种邪恶的念头。早已经褪去少年的稚嫩，他很清楚自己现在想要的是什么。

今晚的同学聚会，他原本可以不去，但知道她会去，于是特地请了假。一个晚上，他是别人口中的焦点，可他的焦点一直在她的身上。

暗恋是一种怎样的滋味呢？大概是她永远都不会注意到他的目光，他永远不见天日。

可天意弄人，她竟然叫住他，像童话故事里的魔法时刻，他完全是本能地想要握住那一抹希望的光。

谢灵凌来之前还真没有想过会有这种反差感，一时间竟让她这颗冰封的心如见春日，她仿佛要被融化了。于是她没有多想，踮起脚在于晁的脸颊上亲了一口。

很快，他刚毅的脸颊泛起了红晕。

于晁显然没有料到会有这种待遇，他不敢置信地侧头看着她，眼睑下垂，小心翼翼。

主动的人是谢灵凌，她引导似的拽着他的衣襟，将自己的双唇贴向他的双唇。

男人的气息瞬间充盈了谢灵凌的感官，一切行为都不需要任何思考，她下意识撬开他的唇齿，如婴儿汲取养分。不能否认的是，他的气息特别干净清冽，有些微的薄荷香、茶香，竟然还有一丝丝甜味。

只不过让谢灵凌略有些失望的是，于晁并没有给她太大的反馈。她能够感觉到他若有似无的回吻，但特别生硬。

这个吻持续的时间并不长，谢灵凌退开，但整个人几乎贴在于晁的身上，她唇上还带着接吻后的水光，试探性询问：“不会是初吻吧？”

没想到于晁竟然真的嗯了一声，虽然声音很轻，但谢灵凌确定自己听到了。

她不敢置信：“真的是初吻？”

于晁并没有因此感到羞耻，只不过他还沉浸在初吻的新奇体验当中，心尖酥酥麻麻的。面对谢灵凌的质疑，他十分有男子气概地回答：“是的。”像军训时回答教官问题的语气，不卑不亢。

这就不由得让谢灵凌怀疑另外一件事情了。她缓缓地低头，视线停留在某处几秒钟，又抬头望向于晁。

于晁好像猜到她要问什么似的，认真地回答：“是。”

“……”

谢灵凌仓促地退开。她刚才差点儿酿成大错！

她头脑清醒，犹豫片刻便决定离开。她说：“算了，我还是走吧。”

于晁却靠在门上不打算让开。他很会举一反三，把她先前质问过他的话还给她：“不敢吗？”

这下倒真的轮到谢灵凌不知道该怎么回答了。说不敢倒也不是，只不过她是有些顾虑的。如果于晁是一个爱玩的人，她这个时候肯定没有顾忌，但他并不是。

主动权似乎交到了于晁的手上。他不再像个木头似的一动不动，而是朝她走了过来。

只不过于晁每朝她走一步，她就下意识往后退一步。最后退无可退，她跌落在沙发上，一屁股坐下来。于晁也顺势俯下身，对她说：“刚才说的还算数吗？”

谢灵凌问："什么？"

"你让我吻你。"

男人和女人之间的确是有某种磁场的，这种磁场是不需要多说什么，是一寸呼吸，是一个眼神。

于晁这个人的面容看起来过于正直，以至谢灵凌觉得自己会将他玷污。一滴白色颜料落在黑色颜料里改变不了什么，反之，却让白色颜料有了污点。

谢灵凌没有想过要把于晁拉进自己混乱不堪的人生当中。

她没有回答，他将此刻的无声当作默认。带着男人气息且生涩的吻落在谢灵凌的唇上时，她听到他说："我不太会，你教教我。"他几乎是贴着她的唇说的话，若有似无地触碰，却比疯狂地纠缠更让人酥麻。

谢灵凌有些怀疑，他真的不会吗？他简直不要太会。她十分庆幸自己此时是坐在沙发上的，她感觉到前所未有的期待和心动。

于晁本能地进行着探索，他一向无师自通，擅长自我挖掘。况且，在年少时的梦中他不止一次亲吻过她。

吮吸是人类的本能，于晁将其发挥得淋漓尽致。

于晁的吻并非杂乱无章，他循序渐进，又好像生怕伤害到她似的，勾得她心痒难耐。谢灵凌的感官很快被调动起来，她本能地伸出双手钩着他的脖颈，回应他的吻。虽然生涩，但他的温柔足够打动她那颗冰封的心。

适当地退开，是为了更好地呼吸，为下一次的疯狂做准备，谢灵凌引导于晁："你可以用力一点儿吻我。"

他问："怎么用力？"他怕会弄疼她。

于是谢灵凌准备开始示范，将他拉到沙发上坐下，自己则跨坐在他的双腿上。这是太亲密的姿势了，如同恩爱的情侣那样契合地拥抱。于晁的双手无处安放，指尖紧紧抠着沙发。他不敢碰她，只是单纯地拥抱也不敢。

刚才的接吻几乎让于晁元气大伤，太疯狂的感官体验让他觉得好像这二十八年都白过了似的，这是会上瘾的，他的目光紧紧地黏在她的双唇上，他还想吻她。

谢灵凌抓过于晁的双手，对他说："抱着我。"

于晁在执行任务的时候不止一次将孱弱的女士从危机当中解救出来，在那个当下，他没有任何杂念，只有人命关天。可当他宽大的双手圈住谢灵凌不盈一握的腰时，一切都发生了质的变化。

谁能想到，面对爆炸危险都从未感到害怕而退缩的人却在这个时候畏畏缩缩。

于晁在消防队里是队长，底下有一帮小弟，队里的兄弟但凡遇到什么事，首先想到的就是找他。可他不知道自己这个时候要怎么办，又该如何寻求帮助。

不得已，于晁逼迫自己去想象练操时的场景、五公里跑步、养生十段锦。

谢灵凌不知道于晁在这一秒里内心复杂的起伏，她吻住他的唇，轻声诱哄他："把舌头伸出来。"

老小区的隔音效果可见有多一般。这个时间点不早不晚，谢灵凌听到不知哪户人家的手机铃声一直响个不停，楼下似乎有小孩子在嬉戏，也有小孩子的哭闹声，不知道又是谁打翻了家里的茶杯，惹得父母一顿臭骂，充满了烟火气息。

谢灵凌这些年一直在大城市漂泊，去年年底才回来的小县城，对于这个自己从小长大的地方，觉得既陌生又熟悉。

而这种充满烟火气的熟悉感，一时间竟让她有些不太适应。

在客厅的沙发一隅，谢灵凌和于晁的接吻声也在房间里蔓延开。

于晁是个一教就会的好学生，其实在学生时代他就是挺聪明的人，那时候他的成绩在年级也算名列前茅。不过，让人唏嘘的是他高中毕业后并没有去上大学，而是去当了兵。

高二的时候谢灵凌和于晁曾经当过一个学期的前后桌，毕业之后他们两个人几乎就没有任何联系了。谢灵凌无论如何都没有想到于晁会暗恋她。

或许是知道他隐藏的那份炽热，谢灵凌也有些骄纵。她坐在他的身上，企图将主导权掌握在自己的手上。

然而于晁的吻却让她沉沦。

于晁先是缓缓地亲吻谢灵凌的上唇，又轻咬她的下唇，继而大胆地入侵她的唇内，用自己的舌尖在她的舌尖上打着圈圈。

多么奇妙的接吻方式啊，明明谢灵凌是教学的那位，不料反被于晁牵引着。她不甘示弱地回吻，顺着他的舌，两人唇齿间发出啧啧的声响。

彼此之间的情绪早已经调动起来，其实不需要太丰富的肢体动作，他们现在完全足够接纳对方。

谢灵凌有些洁癖，今天风尘仆仆，又在饭桌上沾染了各种气味，她红着脸喘着气对于晁说：“我想先洗澡。”

于晁贪婪地将额头抵在谢灵凌的额头上，半寸也舍不得分开。事实上，比起做这些事情，他有很多的话想要对她说。

于晁并不想给谢灵凌造成一种他是那种随便的人的错觉，既然命中注定今晚是一个开始，那么他就想将自己那些压抑在心底许久的情感全部向她道出。

“灵凌。”他生涩地当着她的面喊她的名字，竟然比接吻时更让他紧张。

谢灵凌知道他有话要说，眨巴着眼睛看他：“嗯？”

许是刚才有过亲密的接吻，加之两个人现在紧紧地抱在一起，虽然彼此之间是带着陌生感的，却又好像没有那么尴尬。

男人和女人之间的吸引力是最好的催化剂。谢灵凌不得不承认的是，她的确是被于晁吸引了。

于晁刚毅的脸棱角分明，看起来正直又沉稳，他大概就是父母口中那种靠得住的男人，给人一种莫名的安全感。加之他又一脸的诚恳，看她时似乎满眼都是她，让人无法忽视。

“我很喜欢你。”于晁认真地对谢灵凌说，“很喜欢，很喜欢。”

谢灵凌并不是第一次面对这么直接的告白，她自幼长相不错，不夸张地说，从初中开始就有人给她写情书了。即便她过了年就二十九岁了，可这张脸依旧无可挑剔。可女人或多或少都会因为年龄感到焦虑，马上就二十九了，也代表着快要三十岁了。

三十岁是一道坎，一过这个年龄，似乎就会急速变老。

谢灵凌也早过了谈喜欢就脸红的年龄。如果时光再往回倒退五年，她可能还会心动，现在却觉得有些幼稚。

面对于晁那看似的深情，谢灵凌一笑而过，但她不想在这个时候扫兴，于是亲了亲他的嘴，又摸摸他的脸，下意识带着些许撒娇的意味问他："那你会喜欢我多久呢？"

于晁不知道该如何回答这个问题，因为他也不知道自己会喜欢她多久。十年？二十年？或许一辈子？他只肯定地知道，从高中到现在，除了她，他的心里再没有装过其他人。

见于晁一时间无话，谢灵凌便知道自己这个问题问得不对，她也不想再去讨论这些没有意义的话题，转而吻住于晁的双唇。

果然，只要堵住嘴就行，一切的进展比想象中要和谐许多，谢灵凌有些意外，她经常听友人说起床伴的事情，总会下意识排斥，一来是觉得陌生人不干净，二来也是没有这种需求。可在今晚，或许是酒精作祟，又或许是空窗期太久，让她心生邪念，感觉倒也不坏，甚至可以说很不错。

于晁个子高，力气也大。他直接起身将谢灵凌一把抱起，像抱孩子似的，她的双脚还圈在他的身上。

谢灵凌还未体会过这种被高高抱起的姿势，她觉得自己的脑袋都要抵到天花板了，下意识惊呼了一声。

于晁难得露出笑容，带着一丝戏谑，对她说："放心，两百斤的负重训练对我而言都是小意思，不会让你掉下去的。"

谢灵凌好奇地询问："你是不是抱过很多人？"

"嗯。"于晁说，"都是工作需要。"

谢灵凌扬眉："我知道啊，我又没说什么。"

于晁笑了一下："嗯。"

谢灵凌发现，于晁笑的时候看起来特别阳光，他的牙齿整齐洁白，下颌线清晰，整个人沉稳而不失阳光。

于晁记得谢灵凌说想要洗澡，他便将她抱到浴室将她放下来。

谢灵凌打量了一下这个不大不小的浴室，就几平方米，墙上和地上都铺着白色瓷砖，装了淋浴，一旁是马桶，置物架上放着沐浴露和洗发露。除此之外，再无其他。空间虽然不大，但因为干净整洁，看起来十分清爽。

于晁对谢灵凌说："我去拿干净的毛巾和换洗的衣服，你介意穿我的吗？"

谢灵凌摇头："不介意。"

于晁折返去拿东西，不一会儿又回来，见谢灵凌还没有开始洗澡，便问："怎么了？"

谢灵凌眉眼弯弯："等你呀。"

"等我？"

谢灵凌点点头："等你一起洗呀。"

谢灵凌几乎是刚说完这句话，就看到于晁的耳朵以肉眼可见的速度充了血。

于晁显然没有想到谢灵凌会在这件事情上邀请他，他进也不是，退也不是。

一个几乎将整个浴室占据的高大男人却会在这种时候紧张，这倒是真的让谢灵凌觉得自己仿佛回到了纯情恋爱的时光。

谢灵凌扑哧一笑，不再逗他："对了，你家里有避孕套吗？"

原本只是耳朵充血的于晁这会儿那张刚毅的脸也开始充血，他诚实地摇摇头，看起来竟然有几分憨态可掬的样子。果然，四肢发达的大男人总是带着点儿虎头虎脑的可爱。

谢灵凌将浴室门关上前，像这个家的女主人似的吩咐于晁："那你现在去买，别让我等太久。"

"好。"

于晁不知道自己是带着何种心情下楼的，他的脚步好像有点儿飘。年近三十的他并非毛头小子，可在某件事上的确没有任何经验。

到二楼的时候他遇见了一户人家刚遛弯回来，都是同一幢楼的，算是邻居。邻居是一家三口，走在前头调皮捣蛋的是个五岁大的小男孩。

小男孩一见到于晁就双眼发光，恭恭敬敬地原地立正，喊了一声："于叔叔晚上好！"

于晁高大的身影笼罩在小男孩面前，对他点点头："晚上好。"

就在半年前，小男孩因为调皮捣蛋整个人爬到了窗户上，不小心一个打滑半个身子悬空在窗外。他们家住在三楼，并没有装防盗窗，楼下的居民看到后惊恐地大叫。于晁那天正巧下班回家，听到动静连忙往小孩家里赶去。见小男孩家中锁着门，他便在经过允许的情况下从隔壁邻居家的阳台利落地翻墙而入，动作迅速地将小男孩一把抓住救了起来。

前后不过一分钟的时间，于晁快狠准，底下观看的居民纷纷拍手叫好。

小男孩当时都吓坏了，只知道一个劲地哭。

别看于晁外形彪悍，对待孩子却十分温柔。他半蹲在地上耐心地安慰，一下子就在小男孩的心中树立起了伟岸的形象。

从那天过后，小男孩便开始到处炫耀，说自己可是被消防员叔叔救过的人。

于晁这个人，但凡和他接触过的人没有一个不说他好。他这个人话不多，但是头脑转得很快，可以反应敏捷地跟人开玩笑，也可以悠闲地坐在小区树荫下和老头子下会儿象棋。

小区里的人大多熟悉于晁，于晁下楼买个东西，街坊邻里都要跟他说上几句话。路边菜摊上的几个老头老太成天想着给于晁做媒。

于晁站在便利店门口犹豫了一会儿，还是决定去小区外面一公里左右的一家二十四小时无人售货店买避孕套。这是他第一次买这种东西，竟然也会觉得有些不自在，害羞。

一公里的距离对经常跑步、训练的于晁来说并不算太远，按照他平日里训练的速度，来回大概只需要十分钟。

小小的一个四方形的盒子，里面是三枚装。于晁宽大的手掌轻易便将盒子包裹住，他刚准备从无人售货店出来，就接到队里的电话。

副队长对于晁说："老大，山区发生森林火灾，所有在休队员全部被召回，你人现在在哪儿？"

于晁迅速报了自己具体的坐标。

副队长说："好，消防车一分钟后到达，请你站在原地等待！"

这一分钟对于晁来说可以说是最煎熬的时刻，他并没有谢灵凌的联系方式，他的家里也没有座机。

一面是要等待救援的森林大火，一面是在家里等待着他的谢灵凌。像是那年高考结束后，看似给了他两个选项和抉择，可他只能选择去当兵。在军营的那两年，于晁偶然通过高中的同学了解到谢灵凌的情况，知道她在A市上大学。很多时候于晁都在想，如果他没有放弃进入A大，那他和谢灵凌之间会不会有更多的可能？

现在亦是如此，给于晁犹豫的时间却并不多，一分钟后，消防车抵达。

于晁将手上的小盒子放进口袋，迈上了前去救援的消防车。

消防车掉了个头，伴随着警笛的声音，距离于晁所住的小区越来越远。

命运似乎格外弄人，只不过这一次于晁很清楚，他不会再和谢灵凌就这样错过。

谢灵凌是在洗完澡之后接到的一个陌生电话。电话那头对方的声音低沉、好听："是我，于晁。"

谢灵凌一瞬间就听出这是于晁的声音，她有些意外，下意识问："怎么了？"

于晁坦言："刚才接到了紧急任务，所以我现在一时间赶不回去。"

谢灵凌怔了一会儿，心想自己不会那么倒霉吧，第一次约居然还碰到这种事情。但她又能说什么呢？只能善解人意地让他注意安全。

很多年后谢灵凌回忆起这一天，更多的是心有余悸。当时的她对于于晁被召回参加这种紧急的任务并没有太多的感触，殊不知，每一次的任务对消防员来说都是在与死神周旋。

于晁得到谢灵凌的手机号码也辗转费了一点儿时间。

暗恋这么多年，于晁从未有过打扰谢灵凌的念头，所以并没有她的联系方式。于晁也不是没有想过告白，但是他并没有机会。

谢灵凌高三的时候谈了第一段恋爱，千挑万选的男朋友正好是于晁的好友。虽然他们两个人的恋情仅仅维持了一个月，但那时候正值高三，于晁并不觉得自己再有什么告白的必要，学习为重。加上那时候分班，他们之间便不再有太多的机会见面，明明就只是隔了一间教室，却像隔了很远很远。

好不容易熬到了毕业，于晁家中又出了一些状况，他不得不选择当兵。

当兵退伍的那年，于晁去过谢灵凌就读的大学，意外地知道她有了新的男朋友。那天，谢灵凌挽着一个男孩子的手，脸上带着甜甜的笑容，两人有说有笑的。

在那一刻，所有事先演练的冲动念头全被压制，他在她所在的城市待了二十四个小时，感受着她所生活的这个城市，最后选择回到家乡的小县城踏踏实实地做消防员。

这么多年过去，于晁原以为他和谢灵凌之间应该不会再产生任何联系，却没有想到一个钱包会引发这场海啸。

藏在钱包里的照片还是于晁当年从学校的公告栏里撕下来的。那时候手机的功能并不像现在这么齐全、便捷，他并没有机会拍下她的照片。可他贪心又庸俗，只想留一些关于她的东西。

于晁打电话给周卢的时候，周卢还有些意外："啥情况啊？谢灵凌没还你钱包吗？"

于晁说："还了，但是我现在需要她的联系方式。"

周卢听于晁的口气有些着急，便说："行，要微信还是手机号码？"

于晁说："都要。"

这是于晁第一次给谢灵凌打电话。

他出任务，去火场，做过很多危险的事情，却从没有像这个时刻这般感到紧张。他怕，怕自己把这一切都搞砸了。

谢灵凌在电话里询问于晁："那你大概多久会回来？"

于晁并不能给予一个准确的答复："快的话几个小时，也有可能几天几夜。"

谢灵凌原本还想着等于晁回来的，但听到他这个答复，心顿时冷了半截。

那看来注定是有缘无分了，这样也好，谢灵凌客气地说："嗯，那你注意安全，我……也回去了。"

几乎在谢灵凌说完这句话的瞬间，于晁就急切地问："你可以不走吗？"

"嗯？"

于晁认真地重复道："任务结束后，我立刻回家，你可以不走吗？"他的声音带着独特的磁性，又夹杂了浓浓的祈求，让人忍不住想要怜悯。

谢灵凌这会儿正穿着于晁的衣服坐在卧室的床上，刚洗完澡，整个人很舒服，也懒洋洋的。她这个人耳根子一向软，这么多年了，依然改不了。

"好吗？"于晁又追问。

谢灵凌顺势靠在床头，感受着充满于晁气息的整洁床铺，犹豫片刻，轻轻嗯了一声。

她的声音很轻很轻，但于晁还是听到了，他语气带着些许孩子气地说："说话算话。"

谢灵凌忍不住有点儿想笑，说："我等你回来。"

于晁轻轻一笑："你先睡。"

于晁这边电话一挂断，就被一帮偷听的队友打趣道："老大！这明显是有情况啊！"

“我们这是有嫂子了？”

“老大！千年铁树开花了呀！”

“我嫂子到底是何方神圣？！”

于晁一向清楚，这帮小子给他们一点儿雨水就泛滥。他摆出队长的威严：“看来一个个的平时锻炼都太少了，很闲？”

车厢里立即鸦雀无声。

于晁嘴角的笑意却掩藏不住温柔，他思绪纷飞，感觉到自己的身上、唇齿内似乎都留有谢灵凌的味道。

于晁以前从未告诉过任何一个人，谢灵凌啊，是一个他暗恋了整整十一年的人，这十一年的暗无天日在今天见到了光明。

第三章 偏不识趣

他的整个青春期似乎是那一缕发尾，在他的心上挠着痒痒。

谢灵凌觉得这一刻挺有戏剧性的，她心里并没有想过要留在这里过夜，嘴上却答应了于晁。她这个人似乎总是这样，嘴上说的、心里想的、实际做的都不协调，是个十分矛盾的个体。

不过，谢灵凌这会儿是真的懒得动弹，于是掀开被子躺上了床。

于晁的卧室整理得有条有理，干干净净，乍一看还真像一个宾馆。家里卫生情况是没话说，但一看就是一个男人独居，少了一些温馨的元素。

谢灵凌这个人没有那么讲究，在陌生的地方也不至于睡不着觉。加上于晁的床上有股淡淡的好闻的木质气息，她躺下没一会儿还真的睡着了。

睡得迷迷糊糊时，谢灵凌感觉到自己的手机上似乎收到一条消息。她实在困，并没有在意。

在梦里，谢灵凌倒是把之前和于晁没有做完的事情继续做完了。梦境真实到她觉得自己好像真的感受到于晁的体温和心跳，还有她无法控制的低喘声。可就在两人炽热地缠绵时，突然有个陌生人闯入他们的房间。对方朝谢灵凌大喊："你这个臭不要脸的女人！"

谢灵凌瞬间惊醒，浑身几乎都被汗水给浸湿了。她太讨厌做梦了，明明有些事情已经过去很久，可不知道为什么梦魇似乎总是喜欢缠绕着她，让她无法安睡。

谢灵凌顺手拿起手机看了眼，这才看到好友周宛发来的消息。

周宛："我今天收到陈明煦孩子周岁宴的请帖了。"

消息是昨天晚上十一点半发的。

谢灵凌也没在意周宛这会儿有没有睡觉，回复："他就算死了也不关我的事。"

深夜两点半，周宛几乎秒回谢灵凌回复的消息。这个夜猫子估计这会儿还在看小说、玩游戏。

周宛："我就想不通，这狗男人怎么那么臭不要脸！"

周宛："他是怎么好意思给我发请帖的？"

周宛："说实话，我还真的想去，过去好好'祝福'他。"

谢灵凌回复了一个"不要乱来"的表情包。她知道依照周宛大小姐的脾气是真的什么事情都做得出来，当年也庆幸有周宛在她的身边，她才能迅速调整好自己。

这件事已经过去那么久，谢灵凌并不想自己再被困在那个错误里。

周宛大概也看出谢灵凌并不想就陈明煦的话题多谈论，于是转移话题。

周宛："对了，大仙女你怎么现在还没睡？"

谢灵凌："我刚睡醒。"

周宛："最近好无聊，荔枝在备孕，你又不在A市，唉！"

周宛："话说，你以后真的不回A市了吗？"

谢灵凌："谁说不回的？你想我，我就去呗。"

谢灵凌："就两个小时的高铁，一句话的事。"

周宛："那你明天就来。"

谢灵凌："呃……明天恐怕不行。"

周宛："我就知道你只是嘴上说得好听！"

周宛："真搞不懂，你回去开什么破花店呀！实在不行，我养你啊！"

谢灵凌："姐妹的好意，我心领啦！但是我要靠自己活！"

周宛："哼。"

庆幸的是，这场森林火灾并没有大范围蔓延。

冬天天干物燥，森林防火一直是重中之重。这次的火灾起因是有人违规在山上燃放鞭炮。年关将至，很多从外地回乡的人到山上祭祖，总会不遵守规定燃放烟花爆竹。看似一点点的星星之火却可能造成不可挽回的灾难。

于晁只负责灭火，不负责追责。

天亮的时候，大火被彻底扑灭。一部分人员留下来做善后工作，另外一部分人员先行回去休息。

于晁虽然今天休息，但是作为队长，他还是留到了最后。等到排除一切隐患时，他才灰头土脸地坐上消防车，跟队友们一起回去。

副队长给于晁递了一条毛巾，让他擦擦脸。

平日里爱干净的于晁这个时候却挺不讲究，随意地拿着毛巾擦了擦，动作算得上粗鲁。

"男人味"一词此时在于晁的身上体现得淋漓尽致，他身着黑色的灭火消防服，头上戴着一顶红色头盔，脸上被烟火的灰烬染黑，增添了几分不羁感。

回程时，于晁在距离家一公里左右的地方便下了车。单位的方向和他家方向不同，他不想占用资源让队员送这么一公里。

虽然熬了一个通宵，但于晁的精神状态十分饱满，只是身上有些脏。此时已经天光大亮，路边早餐铺里也没有多少顾客。

于晁顺便买了一碗糯米饭、两笼小笼包，又买了一份豆浆、一份甜豆腐脑。他其实不确定谢灵凌有没有离开，但他不敢给她打电话，一来怕电话会吵醒她，二来怕打了这通电话得到的结果令他失望。

此时此刻，于晁的心情像等待拆开潘多拉的宝盒，他买完早餐便立即往家的方向走去，脚步不停，却又不敢太快。

工作的原因，于晁经常需要熬夜，日夜颠倒，所以他的房间窗帘是遮光型的。窗帘一拉，分不清白天还是黑夜。

谢灵凌在凌晨的时候和好友周宛聊嗨，一直到清晨六点，然后继续补眠。其实她那会儿也想着于晁会不会赶回来，所以一直忍着没睡。但一夜过去，她的眼睛实在是睁不开了。

不知道睡到了几点，谢灵凌听到一些动静声，立即转醒。她算是浅眠的人，尤其还是在陌生的环境。

听到客厅里有窸窸窣窣的声音，谢灵凌猜测肯定是于晁回来了，立即起身。

于晁家是两室一厅，格局布置得倒是挺不错，家中除了他的生活气息，没有什么异性的痕迹。

谢灵凌有一丝短暂的兴奋，但很快冷静下来。她觉得有点儿可笑，感觉像在家等待丈夫平安归来的娇妻，这会儿还挺想第一时间见到他。

等了一会儿，谢灵凌不见于晁进屋。他该不会以为她还在睡觉吧?

犹豫了一会儿，谢灵凌还是推开了卧室的门，准备主动和于晁打一声招呼。

可谢灵凌万万没有想到她看到的人不是于晁，而是一个身材高挑、穿着质朴的中年妇女。不用猜，谢灵凌下意识觉得这个人一定是于晁的母亲。

果不其然。

两个人面面相觑，谢灵凌还穿着于晁那件宽大的睡衣。

显然，周翠然做梦也没有想到会在于晁的住处见到一个陌生女人。作为长辈的她反倒是一脸歉意:“你是于晁朋友吧? 我是他妈妈。”

谢灵凌倒不觉得有什么特别尴尬的，只不过心底默默松了一口气。幸好不是于晁的女朋友之类的。

于晁家面积虽然才九十多平方米，但因为收拾得干净整洁，没有堆放杂物，所以看起来空间很大。

有好几秒的时间，谢灵凌和周翠然两个人只是面对面微笑，都没有说话。

谢灵凌这些年一直在大城市漂泊，在看人这方面有一些心得。周翠然一看就是面善的人，她和于晁的眼睛、鼻子几乎如出一辙。

一个人看别人的眼神能够传递出很多信息，周翠然的目光清澈，看谢灵凌时并未带着过多的探究。

周翠然是长辈，她主动开口说:“我今天过来顺便给他带了一些家里种的菜。那什么……我马上就走了，你不要介意，我平时也不来他这里的——”

谢灵凌知道对方肯定是误会了，但她这个时候也不好解释什么，便大大方方地说：“您坐您坐，我一会儿也要走了，于晁昨晚突然有任务，所以没有回来。”

周翠然憨厚地笑着说：“他工作是有些特殊，经常不在家。”

谢灵凌若有所思地点了点头：“嗯。”

她对消防员的工作不是特别清楚，但也有所耳闻，知道会很辛苦，很危险。可她和于晁的关系毕竟连露水情缘都只进行到一半，所以谈不上什么关心。

周翠然走得有些着急，她把带过来的蔬菜放下之后连手都没有洗，就连忙换鞋要离开，临走前还一脸歉意地对谢灵凌说：“打扰到你了，我就先走了。”

没想到于母会这么客气，倒是让谢灵凌有些不好意思。

周翠然走后，房间里很快就安静了下来。

昨天的冲动到现在所剩无几，谢灵凌冷静下来后觉得有些庆幸，幸好她没有真的和于晁发生什么。

回到卧室换好自己的衣服，谢灵凌简单洗漱过后准备推门出去，这次于晁倒是真的回来了。

于晁在楼下的时候碰到了母亲，母子两人倒是没有什么隔阂。

性格使然，周翠然从来不喜欢麻烦别人或是给别人带来什么麻烦，即便是对自己的亲生儿子也是这样。这些年她一直住在乡下，这次进城买一些东西的同时顺便给儿子带一些家里种的蔬菜，没想到会在儿子的住处见到一个陌生女人。

于晁这个年纪谈恋爱是再正常不过的事情，不正常的是他一直没有恋爱。周翠然不是没有为这件事着急过，后来也就释然了，可今天又是意外的。

她难得笑起来，对于晁说："你女朋友好漂亮。"

于晁的心跳很快，他反问母亲："她没有走吗？"

周翠然欣慰地点点头，她看得出来儿子眼中闪烁着爱情的光芒，对他说："我先走了。"

于晁顿了顿："我送您吧。"

周翠然拒绝："我又不是老年痴呆不认路了，要你送什么？你累了一晚上，快上去吧。"

* * *

于晁脑子里其实并没有想那些有的没的，甚至在出任务的时候他都只是纯粹地想着工作。昨晚的冲动似乎也随着那场大火被熄灭，现在他更多的是想见到谢灵凌。

上楼这短短的几步路，于晁异常紧张，见到了又该说些什么？

少年时代于晁经常会和谢灵凌擦肩而过，印象最深的是有一次他手里抱着篮球在楼梯拐角和她撞了个满怀，当时谢灵凌的鼻子都被他给撞红了，她红着眼眶一脸埋怨地看着他。只是这一眼好像望进了于晁的心里，他的青春在这一刻躁动起来。

那时候是高一刚开学不久，他对她的印象只停留在"校花"这两个字眼。当时班级里很多男生都会议论谢灵凌，说她是学校里最好看的女生。

于晁并不喜欢在背后对一个人的外貌指指点点，可在楼梯拐角相撞的这一刻，他竟然觉得谢灵凌像一抹光照耀在他的身上。

高一的时候，于晁和谢灵凌的位子隔得很远，也从没有人将他们两个人联想到一块儿去。

到了高二下学期时，机缘巧合，他成了她的后桌。那时候于晁经常会坐在谢灵凌的后面，看着她的背影。她的头发习惯性扎成高高的马尾，发尾经常会落在他的课桌上。

对于晁来说，他的整个青春期似乎是那一缕发尾，在他的心上挠着痒痒。

那时候于晁也想过告白。只不过刚刚燃起的火花就被好友泼了一盆冷水，和于晁同桌的董奇文对他说："我准备去追谢灵凌了！祝我成功！"

于晁第一次不想祝福自己的兄弟。

…………

回忆如泉涌，他记忆里的女孩子长大了，依然如一缕光。

于晁推开门，差点儿和谢灵凌撞个满怀。

谢灵凌明显有些意外："你回来啦。"

于晁轻轻嗯了一声，他把手上的早点递给谢灵凌："你还没吃早餐吧？先吃点儿。"

谢灵凌摇摇头："不用了，我没有吃早餐的习惯。"

只不过，谢灵凌看着于晁这副灰头土脸的样子，忍不住笑了，他身上的穿着更显粗犷，反差很大。

于晁有些木木地摸了摸自己的脸，问："怎么了？"

他的脸上黑黝黝的，一双眼睛清澈明亮，像一只无辜的大猫，可怜又可爱。

谢灵凌下意识伸手想要擦拭于晁脸上的污渍，但这个动作让他们两个人都怔住了。

于晁的皮肤比谢灵凌想象中的要细腻柔软，而谢灵凌的手却很凉。

无法擦掉的污渍反倒将谢灵凌洁白的手指染脏。谢灵凌想要抽回手，不料却反被于晁抓住。

他的手很大，轻松将她的手包裹，手掌心带着薄茧，无意间在她的手背上摩擦，带着点儿刺刺的痒。

清晨，阳光透过阳台洒进来，在光洁的白色瓷砖上折射，好像给两个人身上打了一层柔光。

两个人一时间都只是看着对方。

于晁眼中的谢灵凌脸上脂粉未施，长发披肩，亦如学生时代那副面容，仿佛十一年的时间什么都没有改变。

而谢灵凌眼中的于晁更让她觉得惊喜，他那张冷峻刚毅的脸在这个清晨看起来特别柔软，整个轮廓都显得平易近人。

谢灵凌平息下来的那股冲动再次被激发。

其实于晁的想法很单纯，他看到她的手被弄脏了，第一时间是想让她去洗洗手。

谢灵凌却一把将他推到了墙上，亦如昨天晚上那般，她的唇贴上他的唇，猝不及防。

于晁有了经验，他不再像个木头似的不为所动。在她的吻落下来时，他下意识单手圈着她的腰将她提了起来。

在于晁的怀中，谢灵凌无疑是娇小的。两个人的位置进行交换，她的背抵在墙上，整个人被他充满男人味的气息包裹。

彼此的喘息被无限扩大，有趣的是清晨的小区反倒安安静静，不似昨晚那样有各种各样嘈杂的声响。

谢灵凌隐隐约约听到有一首歌在自己耳边缓缓播放，不知道是哪户人家在用音响功放——

Wise men say,only fools rush in

智者有言，只有愚者才会为爱所困

But I can't help falling in love with you

而我明知此情艰难，却仍一往情深

Shall I stay,would it be a sin

我能陪在你身边吗，若这份爱是桩罪过

If I can't help falling in love with you

但我就是不可抑制地对你着迷了啊

Like a river flows surely to the sea

正如百川东流，终将归于深海

Darling, so it goes...

而亲爱的，我对你的爱也是如此……

有那么一个瞬间，其实谢灵凌有过担心，她担心于晁因为出任务彻夜未眠在体力上会不会消耗太大。

但无疑是她多虑了。这个男人长年累月地锻炼，不过是一夜工作，对他来说根本算不了什么。更艰苦地救援时，他几乎三天三夜都没怎么合眼。

于晁记得谢灵凌有洁癖，他想要洗去自己脸上的污渍以及身上的汗水，却舍不得和她就此分开。他直接抱着她去了浴室，彼此的双唇疯狂纠缠，让温暖的流水打湿对方的衣衫。

谢灵凌眼中于晁身上的每一寸肌肉线条都像鬼斧神工，她的身体被浴巾包裹住，听到他温柔体贴道："冷吗？"

哪里会觉得冷，她身上好像有一团火在燃烧。

谢灵凌诚实地摇摇头，她大胆地伸手探向他那八块分明的腹肌。

不料于晁怕痒，瑟缩了一下。这个反应倒是让她觉得有趣，她故意又摸了一下。

于晁抓着她的手腕，有点儿无辜地出声道："痒。"

听说男人的腰怕痒，以后会怕老婆，谢灵凌笑："多大的人了，还怕痒啊？"

于晁微微红着脸，他将她提起来，第一次霸道地在她唇上咬了一口。

快速洗完澡，于晁顾不得身上的潮湿便将谢灵凌抱回了卧室。

和客厅的明亮不同，卧室里的光线被遮光窗帘阻挡，彼此眼中的对方并不明晰，却将暧昧的气息无限扩展。昏暗的光线下，有摸索和试探。

于晁整个人紧绷得不像话，额头上是密密麻麻的一层汗，却像怕伤着她似的，吻得小心翼翼。

谢灵凌的手指抵在于晁的臂膀上，她被他吻得晕头转向，带着娇嗔地埋怨："你让我等了好久呀。"

"抱歉。"

他会尽力弥补。

已经中午了，他们两个人在这件事上花费了太多的时间，甚至连早餐都还没有吃。

放在玄关处的糯米饭和小笼包早就凉了，谢灵凌虽然一向不吃早饭，但她这个时候也感觉到了饿，她从昨晚八点开始滴水未进，现在已经中午十一点了。

体力上的负荷是最主要的原因，于晁不只让谢灵凌等了很久，也折磨了她很久。

他不知道自己每一寸温柔的亲吻对她来说都像走在钢丝上，她像悬浮在半空当中，前后无路可走，头顶是一望无际的天，脚下是深不可测的万丈深渊。

谢灵凌能够感受到于晁的生涩，他完全没有任何技巧可言，一切只不过是本能。他是一个绝对的绅士，每一次的试探都基于对她的尊重，以至谢灵凌沉溺在于晁的温柔细致当中，无条件臣服。

和于晁粗狂的外表不同的是，他十分照顾她的感受。或许他也是在摸索当中，每次的触碰都会小心翼翼地观察她的反馈。

谢灵凌只是难以置信，再次询问："你真的没有和其他女人这样过吗？"

于晁的气息还有些沉，他比较在意的是："有弄疼你吗？"他刚才吻她的时候好像有些收不住。

谢灵凌摇摇头。

于晁体贴地抱着谢灵凌又去简单地洗了个澡，他见她筋疲力尽的柔弱样子，竟然开口调侃道："刚才好像没有让你使力。"

谢灵凌的锁骨处有一抹淡淡的痕迹，好像是他留下来的特殊记号。

于晁用指腹在她锁骨上轻轻摩挲，有些过意不去。

谢灵凌伸手在于晁的腹肌上掐了一把："可是你太久了！"

于晁闻言笑起来，唇红齿白的，特别阳光。他忍不住在谢灵凌的眼皮上亲了一口，对她说："你休息一会儿，我做午饭。"

谢灵凌有些意外："你做午饭？"

"嗯。刚好有新鲜的蔬菜，冰箱里还有一些肉。"于晁询问谢灵凌，“你有什么特别想吃的吗？小区里有菜摊，我可以下楼买。”

谢灵凌在吃的上面不挑，也不想太麻烦于晁，便说：“随便什么都可以。”

她真的有点儿累，这会儿坐在床上打了个哈欠。想到于晁昨晚一夜没睡，刚才又出了那么大力，这会儿他还要做午饭，谢灵凌有些过意不去：“要不然我们还是叫外卖吧？”

于晁说：“不碍事，很快的。”

“对了，我早上见到你妈了，她大概率误会了。”

“嗯，没事。”

于晁说很快倒真的很快，也就半个小时左右的时间吧，米饭是放在电饭煲里快煮的，他做了三个菜：酸辣白菜、清蒸大虾、肉末蒸蛋。

谢灵凌虽说累，但这个时候睡是睡不着的。她的外套在浴室的时候被打湿了，但好在里面的内搭没有湿。

换了自己的衣服之后，谢灵凌去阳台抽了一根烟。

从六楼望下去，基本上也能大致看清楚这个小区。虽然是老小区，但绿化做得十分不错，一大片的碧绿看着倒是让人神清气爽。

谢灵凌最近其实也在看房，她想买个两室一厅，自己一个人住就行，但她没有考虑过这种老小区。

小县城的好处是，她的钱可以买一套房，而不是像在大城市里那样连掏首付都不够。在外漂泊多年，她早已筋疲力尽，太想拥有属于自己的房子，有个落脚的地方。

"灵凌。"于晁不知何时站在了身后不远处，谢灵凌猝不及防被呛了一口，连忙掐灭了烟。

于晁走过来拍了拍谢灵凌的后背，问她："怎么了？"

谢灵凌涨红了脸，摇摇头："没事。"

他说："来吃饭吧。"

"好。"

虽然不过是简简单单三个菜，却让谢灵凌的味蕾感到惊艳。当然，这其中不排除她因为过于饥饿而觉得所有食物都美味。

谢灵凌从未刻意控制自己的饮食，因为她的胃口一直很小。可今天中午她吃了满满当当一碗饭，最喜欢的是那碗肉末蒸蛋。

坐在她对面的于晁几乎并没怎么动筷，他光顾着剥虾，时不时往谢灵凌的碗里添一个，不知不觉剥完了一整盘虾。

见谢灵凌吃完了一碗饭，他又问她还要不要再添一碗饭。

谢灵凌连忙摆手："不行，撑死我了。"

她看到他没怎么动筷，便问："你怎么不吃？"

于晁说："我来收尾。"

于是接下来，谢灵凌眼睁睁看着于晁在几乎不到五分钟的时间里吃完了两大碗米饭，又把桌上剩余的几个菜全部吃光了。

她终于明白，这个浑身上下好像有着用不完的力气的男人到底是哪里来的精力。

"你这也太快了吧！"谢灵凌感慨。

于晁说："在部队和消防队这是最基本的速度。因为很多时候可能连口饭都吃不上，没人等你细嚼慢咽。"

谢灵凌了然地点点头。

在此之前，两个人之间的相处挑不出什么毛病，甚至可以说十分和谐。当然，这种和谐也是基于两个人不太熟悉的情况。大多数的人都是这样，会把最好的脾气和教养留给不熟悉的人，反而会把最坏的那一面留给最亲近的人。

等于晁吃得差不多了，谢灵凌准备挑明："今天的事情，我们还是谈谈吧——"

于晁放下碗筷，一脸认真地看着谢灵凌。

谢灵凌独自一人站在阳台上的时候想了很多很多，她想，今天的事只是成年人之间的游戏，她相信于晁会明白的。

"我不想造成你的困扰。"谢灵凌说，"所以，你不用放在心上。"

于晁的神色有些严肃，他说："如果已经造成困扰了呢？"

谢灵凌有些头疼，她以为于晁会听懂她的潜台词："就……可以当作今天的事情都没有发生过吗？"

于晁闻言顿了顿。他当然明白她的意思了。

谢灵凌觉得自己好像在某个时刻看到于晁脸上那抹光以肉眼可见的速度暗淡下去，他起身利落地收拾碗筷，但没有回答她的问题，像在赌气。

坦诚地讲，谢灵凌知道自己这个时候很渣，但是她真的不想谈什么感情。或许这个时候比起谈感情，当个床伴会更加便捷。男人和女人之间每一段感情因为一时新鲜，到最后受伤的总是女人，谢灵凌早已经筋疲力尽。

她招惹于晁是事实，可这种事情一个巴掌拍不响。

眼见没有了继续谈下去的必要，谢灵凌礼貌地跟于晁道别："那什么，我先走了。"

"我送你。"于晁说着大步走过来。

"不用。"

于晁已经站在谢灵凌的面前，他居高临下地看着她，硬朗的面容看起来十分冷峻。

他们两个人对视着，像一对闹脾气的小情侣。

谢灵凌说：“真不用送，我出门打辆车就行。”

于晁开口：“如果我一定要送你呢？”

谢灵凌叹了一口气，有些无奈：“那你就很不识趣。”

“识趣能当饭吃吗？”于晁看起来有几分霸道，“我偏不识趣。”

第四章 小圈圈

向日葵永远面向的是太阳，而于晁的眼里也只有谢灵凛。

于晁一直是这么不讲道理的人吗?

谢灵凌简直是哭笑不得:“你到底想要怎么样?”

于晁说:“我就是想要送你回去。”

谢灵凌点点头:“行吧，随便你。”

倒是真的没有料到于晁这个人会这么难对付，她开始后悔自己昨晚的冲动。她不想让于晁送的一个原因是真不想麻烦他，而且他昨晚一夜没睡，这个地方就那么一点儿距离，她打个车的确挺方便的。

两人一前一后下了楼，气氛有些微妙。

上车之后，于晁问她去哪儿，谢灵凌报了自己花店的位置。他没有多想什么，发动了车，直接上路。

一路上两个人自然没有什么话可说。

谢灵凌下意识看了眼于晁，他的侧脸线条硬朗且分明，自然地抿着唇，整个人看起来有点儿生人勿近的感觉。

谢灵凌想起他们在高中那会儿还是前后桌时，于晁一直不是爱说话的人，上课时他认真专注，可一到下课人就会不见。多数时候于晁的课桌下面都会放着一个篮球，他身上热气腾腾的。他好像特别爱打球，特别喜欢运动。

只是，他们只做了一个学期的前后桌，关系都还没有热络，高三的时候就分班了。

于晁那时候在班级里就已经算是比较出挑的长相了，尤其他个子高，总能让人在人群中第一眼就注意到他。几次篮球赛过后，他更是成了年级令人瞩目的焦点。

谢灵凌甚至被迫给于晁传了几次小字条，是其他女孩子传过来的。好几次谢灵凌埋头思考时，忽然一张小字条递给她，弄得她有些反感。有一次她实在忍无可忍，把字条扔在于晁的桌子上，拧着眉说："能不能让那些爱慕你的女同学别把字条传给我？真的很烦。"

于晁当时忽然被她一通指责，一脸郁闷地说："抱歉。"

刚道完歉，他就站了起来，严肃地说："麻烦别再给我传字条了，再传，我就直接交给老师。"

其实那会儿于晁也挺反感那些字条的，都是随手一扔，看都没看。

许是他长得高大，已经变声，声音低沉，几个字从他嘴里说出来倒是挺有震慑力的。

谢灵凌没想到于晁会这么不给人面子，还以为他是来者不拒……所以，从那个时候开始于晁就开始暗恋她了吗？

谢灵凌从小到大没有暗恋过什么异性，她无法做到感同身受。对她而言，十一年的暗恋充其量就是一个数字，一年三百六十五天，十一年就是四千多天，并没有太大的意义。

不多时，于晁已经将车停在了花店门口。这不是他第一次来这家花店门口，甚至可以说是熟门熟路。

花店的名字叫"花非花"，是谢灵凌在三个月前开的。店门口的墙上刷了粉红色的油漆，白色的木质门，布置得十分小清新，也非常适合打卡拍照。

谢灵凌下了车，于晁对她道了一声："再见。"

但谢灵凌并没有说话，她已经开始苦恼，觉得于晁一定是个难缠的人。

然而那天以后，谢灵凌和于晁之间就没有交集了。她以为的"难缠"的人并没有缠着她，这倒是让她松了一口气。

莫名地，她竟然也会期待再见到他的身影。可他们两个人的交际圈本来就不同，若不是因为同学聚会将他们两个人再次联系到一起，恐怕在这个小县城里会很难碰面。

果然，整整半个月时间过去，他们都没有再见过。

不久之后就是农历新年，今年农历新年在2月初，恰好2月14的情人节在元宵节前一天。

每年的情人节都是花店生意最好的时候，谢灵凌情人节前几天就开始忙活。2月14这天，她一大早就开始工作，生意还算不错。唯一不太好的是今天的天气。

几乎下了一上午的雨，好在下午雨停了，但路面上还是湿漉漉的。

开花店这件事其实是谢灵凌圆了自己年少时的一个梦想罢了。高三压力最大的时候，谢灵凌成天幻想着自己长大以后要在街角开一家花店，她天真地以为这样就可以每天都看到各种各样好看的鲜花，每天都被浪漫和美好包围。

但开了这家花店之后谢灵凌才算明白，什么叫作理想很丰满，现实很骨感。她每天都忙得脚不沾地，哪里还有什么心情来欣赏花？

不能否认的是，她现在的确有点儿逃避现实的心态。

情人节当晚，店铺里还有好几束包装精美的花没有卖出去。谢灵凌独自一人忙了一天，将近半夜十二点的时候她开始收拾东西。街道上的店铺都已经关了门，只有她这家花店还亮着灯。

这个时候，一个醉醺醺的男人忽然冲到了谢灵凌的面前。这个男人浑身酒气，摇摇晃晃地问谢灵凌：“送给喜欢的女孩子，要送什么花比较好？”

谢灵凌说：“如果交往了的话，可以送玫瑰花。”

“那这玫瑰花怎么卖？”

谢灵凌指了指一束大的玫瑰花和一束小的玫瑰花，分别报价：“现在时候不早了，大玫瑰原价299，现在199。小玫瑰原价199，现在算99吧。”

男人闻言走到那束被灯光装饰的大束玫瑰花前看了看，又问谢灵凌：“这个多少钱？”

谢灵凌回答：“199。”

男人啧了一声：“什么破玩意儿这么贵啊？那旁边那束呢？”

谢灵凌说：“99。”

男人轻哼：“什么狗屁！十块钱卖给我我都不想要！”

谢灵凌无话可说。两束花包装精美，挑选的都是新鲜的玫瑰，而不是月季花。可她的确不是做生意的料子，也不会说什么好听的话挽留客人。

男人见谢灵凌不说话，反而更来劲：“你是不是想钱想疯了啊！别以为我不知道，这种花根本不值钱，也就是今天是什么情人节，你们才涨价的！”

这人像在发酒疯，说着就打算用脚踢花。

谢灵凌下意识想去护花，不料被男人一把推倒在地。她的手掌心瞬间擦破了皮，手指连心，有股钻心的疼。

这还不算，今天路面上潮湿，她身上的衣服也被弄脏了，她下意识对这个男人说："大晚上的，你发什么酒疯？要买就买，不买就算了！"

其实谢灵凌心里清楚不应该跟一个醉鬼讲什么道理，尤其还是大晚上的，搞不好还会激怒对方，可她控制不住自己的脾气，她本来就不是唯唯诺诺的性格。

果然，男人被激怒，摇晃着身子就朝谢灵凌走过来，要跟她好好算算账。

谢灵凌半蹲在地上，一时间起不来，她感觉到脚腕处也疼，像崴到了。

也就是这个时候，于晁的身影忽然出现。

人高马大的于晁推了那个醉鬼一把，那人摇摇晃晃地坐到了地上，骂骂咧咧："你是什么东西，居然推老子！"

于晁没给对方一个眼神，转身就把谢灵凌搀扶了起来。

这是两个人距离那晚一个月之后的第一次见面。谢灵凌有一些恍惚，因为于晁身上的味道莫名让她觉得很熟悉。她没有直视他的双眼，而是看着他的衣角。

"脚伤着了？"于晁问。

谢灵凌摇摇头："没事。"

于晁将谢灵凌搀扶到椅子上坐下，他半蹲到地上，准备抬起她的脚查看。

明明两个人更亲密的事情都做过了，谢灵凌却觉得这一刻特别别扭。她不想让他碰，躲了一下，问他：“你怎么在这儿？”

于晁没有强求，他以臣服的姿态半蹲在她的面前，抬头看着她：“路过。”

路过？半夜十二点路过和他家完全相反的方向？谢灵凌礼貌地没有拆穿于晁的谎言。

于晁见谢灵凌一副不自在的样子，他不再多说什么，起身，转而朝那个醉鬼走过去。

他背对着她，身着一件黑色的冲锋衣，肩宽腰窄，双腿笔直修长。她是见识过他衣服下的身材的，堪称完美。

谢灵凌不知道于晁对那个醉鬼说了什么，很快那个醉鬼便站起来，屁颠颠地跑走了。

她有些唏嘘，女人和男人与生俱来就是不同的，也是不公平的。她从来不期待英雄救美，这个时候却被迫接受了于晁的解救。

如果于晁这个时候没有出现在这里，她是不是会被那个醉鬼欺负？

倒也不一定，以她的性格，对方也会吃不了兜着走。

醉鬼跑走后，于晁转过身来。

这几天天气转暖，路两旁的梧桐树反季节开始落叶。黄绿色的落叶一片片铺在道路上，倒也别有一番意境。

于晁背对着路灯朝谢灵凌走来，灯光从他的头顶洒下，似乎将他整个人打了一层柔光。他的确是对谢灵凌撒谎了，并不是路过，而是一直守在她的不远处。

今天于晁休息，上午他就来花店对面了，那时候下着雨，隔着雨帘，他看不清她，但也足够了，他并不奢求太多。

其实去年这家花店开业后不久，于晁就习惯性会把车开到这里。他坐在车上，远远地看着在花店里忙活的谢灵凌。很多时候花店里没有生意，她会搬出凳子坐在店门口晒太阳，发呆。有时候她会穿着围裙修剪花枝，包装。有时候她会捧着手机傻乐，不知道是在和谁发消息。

谢灵凌不会发现于晁，因为他一直和她保持着安全的距离，他不会打扰到她，也不会给她造成任何困扰。

“你可以走路吗？”于晁问。

谢灵凌尝试着站起来，脚踝处有点儿疼，倒也不是不能走路。

这个点真没有什么人来买花了，谢灵凌将摆在门口的鲜花收进去，于晁主动帮她打下手。

于情于理，谢灵凌应该对于晁说一声谢谢的。等准备关店门的时候，她随手给于晁拿了一束向日葵：“谢谢你，这是送你的。”

作为一个男人这辈子大概很难会收到鲜花，于晁却在情人节这一天收到一束向日葵。他不知道谢灵凌这是欲擒故纵还是一时兴起，但他从没有想过抱着玩玩的心态。

于晁接过花，又问：“为什么送我花？”

谢灵凌诚实地说：“谢谢你刚才帮我。”

于晁由衷地说：“不用谢，遇到刚才那种情况，即便你是个陌生人，我也会帮的。”

谢灵凌了然：“好吧，那你把花还给我。”

于晁却孩子气地反手把花放到了自己背后：“不还。”

* * *

谢灵凌也不知道自己怎么就上了于晁的车。

这会儿车停在一家二十四小时药店门前，于晁下了车。

那束向日葵被于晁妥帖地放在车后座上，谢灵凌提醒过他：“花茎45度斜剪之后让花瓶里的水没过三分之一，每天都要换一次水的同时也要修剪根茎。”

于晁一个粗男人哪里养过什么花，可从某种程度上来说，他和向日葵很像。

向日葵永远面向的是太阳，而于晁的眼里也只有谢灵凌。

谢灵凌的双手掌心有擦伤，倒算不上多严重，没想到于晁心细，他去药店买了消毒药水，又买了纱布。

深夜十二点半，车停在一棵枝繁叶茂的乌桕树下，于晁拉着谢灵凌的手仔仔细细处理她伤口缝隙里面的污渍。

谢灵凌阻止过于晁，但她的反抗在他面前完全无效。这个男人比她以为的要霸道、固执，可不管她同意不同意。

放在一般人身上，谢灵凌这会儿肯定已经无比反感，然而她心里的天平似乎向于晁倾斜，纵容着他的行为。

难免有点儿疼，谢灵凌轻轻地倒抽一口气。

于晁停下手上的动作，抬起头看她：“很疼吗？”

两人离得近，谢灵凌注意到于晁的手背上也有伤。伤口应该是不久前留下的，才刚刚结痂。其实那天早上两个人缠绵时，谢灵凌就摸到于晁身上的一些疤痕。她好奇地问那是什么伤，他说是烫伤。

谢灵凌还记得，他似乎很热衷与她十指紧扣，将汗水肆意地蹭在她的身上。他的手背上不仅有新留下的伤疤，还有一些旧伤。那么好看的一双手，如果没有伤疤，一定会更好看吧。

在车内朦胧的灯光下，谢灵凌鬼使神差地用手指在于晁的手背上轻轻碰了一下，反问他："你呢？疼吗？"

于晁的手悬在半空中，骨节分明的手上青筋明显。

谢灵凌终于抬起头，直视于晁的双眼。这是她今晚第一次正视他的目光，没有躲闪。

于晁说："疼。"当然疼，说不疼都是自我麻痹罢了。可一个大男人，那么一点儿伤又有什么可抱怨的？出任务的时候各种情况都会发生，皮肉伤都只是小事。

谢灵凌问："哪种伤最疼？"

于晁说："烧伤、烫伤。"

他的手臂上就有烧伤留下的疤痕，谢灵凌记得。

她又问："为什么会去当消防员？"

"机缘巧合吧。"于晁轻轻叹了一口气，继续小心翼翼地帮谢灵凌处理伤口。

谢灵凌想起，高中的时候于晁学习成绩一直是不错的，可他没去上大学，而去当了兵。还记得当时同班的女孩子提起来时还有些唏嘘，她也免不了好奇："高中毕业后为什么去当兵了？"

于晁回答："家里出了点儿事，我爸爸突然检查出胃癌，我想着不要再给家里带来经济负担，就选择去当兵了。"

谢灵凌有些意外："那你爸……"

于晁说："我当兵的第二年他就走了。"

"抱歉。"

他的语气倒是轻松："有什么好抱歉的，又不是你让他得的胃癌。"

于晁没有对谢灵凌说的是，他那时候虽然没有上大学，但后来又自考本科，并完成了学业。他也曾期待过上大学，和谢灵凌上同一所大学。

后来于晁不止一次去过谢灵凌就读的大学，他远远地看过她，但也只是远远地看着。

A市是一个很大的城市，也是很多人会选择的旅游胜地。于晁就当作自己是一个游客，他来到她生活的世界，就当作自己是她的朋友。他去过她打卡的教堂，去过她说好吃的餐厅，也去过她拍照的街道。

他并不是一个情痴，无端做这些，只不过是因为喜欢她。

那年在谢灵凌的大学门口，于晁看到她和一个男生手牵着手，脸上带着淡淡的笑意。他没有上前打扰，并报以最真诚的祝福，希望她的男朋友会是一个值得托付的好人。

很快，于晁处理完了谢灵凌手上的伤。

谢灵凌低头一看，自己的双手被他用纱布裹得跟粽子似的，她简直哭笑不得，举着自己的双手问他："喂，你会不会包扎啊？"

于晁有些别扭地抓了一把脑袋，对谢灵凌说："我还是带你去医院吧。"

谢灵凌忍无可忍："行了，我这伤口恐怕还没到医院就要自动愈合了。"

于晁闻言扑哧一笑。他这一笑，露出洁白整齐的牙齿，倒是无比阳光。

太熟悉的笑容了。谢灵凌忽然想起来，曾经她似乎也盯着他的笑容凝神过。那时午后，篮球赛刚刚结束，几个男生勾肩搭背，有人高歌，而于晁只是笑。他总是那么阳光，留着短短的头发，鬓角利落整齐。

于晁的唇形很好看，好像谢灵凌从认识他起，他的牙齿就特别整齐洁白。这么些年过去了依然如此，他笑起来时可媲美电视上牙膏广告里的人。

谢灵凌一时间也看愣了，紧紧地盯着于晁。那些记忆的阀门被打开，没想到竟然无比清晰。

于晁反倒被谢灵凌盯得有些不自在，他嘴角的笑容缓缓抚平，下意识伸手摸了摸自己的脸，问她："我脸上有东西吗？"

谢灵凌摇摇头："没有。"

于晁松了一口气，点点头。

谢灵凌忽然又说："你很帅。"

于晁一怔。虽然从小到大他因为外形受到过不少赞赏，可在自己喜欢的人面前，他倒觉得不自在。

他转移话题："我送你回去吧。"

谢灵凌耸了一下肩。

车辆再次启动，谢灵凌根本没有自报家门，于晁却熟门熟路地载着她到了她所住的小区。

她的住处在一个新建楼盘，小区环境不错。

到了之后，于晁将车停稳，目送谢灵凌离开。

没有谢灵凌以为的纠缠不休，也没有让她反感，和于晁相处起来比她想象中的要舒服。甚至，在她掉头往家里走去的几步路上，她已经开始期待下一次的见面。

自从两年前那段感情之后，谢灵凌的确没有再恋爱的打算，她以为自己不会再动心。

动心……这个脑海里突然冒出来的词让谢灵凌怔了一下。

谢灵凌住在十八楼，她上了电梯，看着液晶显示屏上的数字在不断变化。

到达十八楼之后她出了电梯，可就在准备进家门的那一瞬间，她的脑海里有种强烈的念头。于是她重新进入电梯，按下一楼键。

18、17、16……3、2、1。叮的一声，电梯门打开。

谢灵凌走出电梯，她的心跳有些快，朝着刚才回来的方向走去。

她有些惊喜，有些意外，又好像在意料之中，不远处，于晁的车还停在原来的位置，他并没有离开。

谢灵凌几步走到于晁的车前，伸手敲了敲车窗。

意外的那个人反倒成了于晁，他当然没有料到她会再次出现，手上还拿着一片爱心形状的梧桐树叶傻傻地观察着。树叶比他的手掌还要大，好像他盛不下这一颗心。

于晁下意识推开车门下来，一脸担心地问谢灵凌："怎么了？"

谢灵凌有些喘，在明亮的路灯下，她鼓起万分勇气问于晁："那个，你要不要做我的床伴啊？"

于晁没有多想，神色严肃地回答："不要。"

谢灵凌心下一凉，她知道自己一时间脑充血了，不该问这个问题的。今晚真的太乱了，也太让人感到羞耻了。

"抱歉——"她简直是羞愧至极，转身想逃。

于晁一把抓住谢灵凌的手臂，认真地说："我不是随随便便的人，你要是对我感兴趣，那么我们堂堂正正做男女朋友。"

他一双清明的眼，让人不敢亵渎。

问题抛给谢灵凌，她一时间竟不知如何回答。

路灯的光明亮地洒在他们身上，叫人无法躲闪。

于晁足够耐心，问她："可以吗？"

* * *

一段好的感情或许可以让彼此一起成长。但很不幸运的是，谢灵凌经历过的三段恋爱于她而言都是消耗，尤其最后一段感情，几乎是毁灭性的打击。

谢灵凌花了整整两年的时间才从那段感情当中走出来。

如果谈恋爱注定是消耗，那她宁愿不开始。

面对于晁的问题，谢灵凌最后给出了明确的答复："不可以。"她的回答过于干脆、果断，足够让听者心底发凉。

于晁点点头，没有说话。可他并没有放开谢灵凌的手，两个人僵持着。

最后还是谢灵凌妥协："你放开我吧。"

于晁却说："不放。"

他好不容易握住的人，舍不得放。

谢灵凌微微拧着眉："你到底要怎样？"

"我同意。"

谢灵凌："……"

于晁说："你的提议我同意。"说完，也不管谢灵凌是什么反应，他将她重新带回了车上。

谢灵凌自然是意外的，意外的是他为什么这么快变卦。但于晁不说话，他只是抿着唇，锋利的五官看似生人勿近。

车辆重新启动，在无边的夜色中前行。

小县城本就不比大城市喧嚣，这个点的街头更是空空荡荡，十字路口的红绿灯也统一改为了缓慢行驶的黄灯。谢灵凌眼睁睁看着于晁将车从他所住的小区开过，并没有停留的意思。

她侧头看他一眼，见他线条冷硬的侧脸很肃穆，于是到口的话都咽了下去。这人冷着脸还挺能唬人的。

不多时，于晁将车停在了一家二十四小时自动售卖店前，他让谢灵凌等他一会儿便下了车。

谢灵凌大概能猜到于晁要去买什么，她没有说话，没有阻止。其实不用说什么，彼此心照不宣。

这一切看似无厘头，但对谢灵凌来说是一种最好的处理方式。她不想再浪费感情在男女之情上面，快速地解决彼此的需求，这样对彼此都好。

于晁回来时一只手上拿着一包纸巾、一瓶矿泉水，还有一样东西放在口袋里。

矿泉水递给了谢灵凌。

谢灵凌接过水，对于晁说："谢谢。"

于晁抿着唇点了一下头，他重新启动车子，这次不是去他家，而是将车停在郊外一棵大树下面。

谢灵凌有些意外，她望了望静谧的四周，问于晁："在这儿？"

于晁反问："怕了？"

谢灵凌想了想，然后摇头："看不出来你这么会玩。"虽然没有尝试过，但她莫名有点儿心动。

于晁再次下车，他绕过车头来到副驾驶座，拉着谢灵凌的手腕将她带到后座。

他丝毫不给谢灵凌反抗和反应的机会，密密麻麻的吻落在她的脸上、唇上、身上，有那么点儿赌气的成分，气她的态度。可到最后于晁又下意识温柔起来，因为他做不到对她狠心。

谢灵凌仅存的一点点理智被于晁的吻搅得晕头转向，她不知何时跨坐在他的身上，脑袋几乎能够抵到车顶。

于晁看似霸道，手掌却小心地护在谢灵凌的脑后。

相较上一次的畏手畏脚，这一次于晁显然占据主导地位。他用力地吮着她的舌头，让她的舌根生疼。但他似乎是故意的，明明听到她抗拒的吟语，还是疯狂地缠着她，叫她无法呼吸。

距离上次也才一个多月而已，谢灵凌怀疑于晁是不是去哪里进修了接吻技术，否则她不该如此沉沦。

好不容易有了呼吸的空隙，谢灵凌刚缓了一下，立刻便感觉到肩膀处一阵刺痛。于晁像一只恶犬，竟然在她的肩膀上咬了一口。

谢灵凌不甘示弱地抱着于晁就在他脖颈上用力咬了一口，留下两排齿痕。

怎料，于晁却对她说：“来，再咬一口。”

“神经。”怎么会有这么变态的要求？

于晁双手捧着谢灵凌的脸颊，贪婪地用指腹在她的唇上摩挲。谢灵凌感觉自己的脸都要被他揉变形了，忍不住就着他的大拇指又咬了一口。

殊不知，第二天于晁带着脖颈上那个咬痕来到消防队的时候，同事们一个个的都看直了眼。

于是一传十十传百，整个消防队的人都想来瞧一眼于晁。

于晁不在乎同事们的眼光，别人调侃他，他嘴里叼着一根草含混不清道：“怎么？没见过？”

要说在消防队里，于晁这人可是出了名的不近女色。有任务他永远都是一马当先，多苦多累都是第一个上，最后一个下。脏活儿和累活儿于晁从来都不会推辞，是以，他在整个队里都是让人信服的。

就是这样一个人，“温柔乡”这个词好像和于晁这种刚毅的性格丝毫扯不上关系，可他脖颈上这个暧昧的痕迹惹人无限遐想。

多新鲜啊！看样子昨晚这战况肯定激烈啊！

的确是挺激烈的。

他们在车上花了将近一个小时，后座湿透，车厢里弥漫着暧昧的气息。谢灵凌腿都抽筋了，于晁却跟个没事人似的衣着完好。

说起来，自从上学那会儿腿抽过筋以后，谢灵凌已经十几年没有尝过这种痛苦了，抽筋的时候小腿肚绷直，一抽一抽地疼，后来连走路都疼。当然，抛开腿抽筋这个小插曲，于晁给谢灵凌带来的体验感却是前所未有的。

抛开第一次的生涩和茫然，这一次的于晁显然是胸有成竹，也回归了本性。他这个人做事情从来不会对付，当然别人也糊弄不了他。

谢灵凌不得不承认，在于晁的身上得到了某种满足。

于晁还有心情笑话她：“上次就发现了，你体力不太行。”

谢灵凌瞪他一眼：“说得跟自己多行似的。”

这人大概是发泄痛快了，居然还有心情戏谑，含着她的唇轻笑：“那你到底觉得我行还是不行？”

谢灵凌挑衅地说："不行！"

于晁一脸了然似的点点头，似笑非笑道："行。"

凌晨两点多的时候，于晁开车送谢灵凌回家，并将她抱到楼上。

谢灵凌万万没有想到自己居然会引狼入室。于晁这一来就没打算走，他美其名曰抱她去浴室冲一下，可到了浴室把她放在洗手台上之后再次兽性大发。

谢灵凌有理由怀疑，这个男人锱铢必较，他肯定记着她说他不行。

磨磨蹭蹭下来都已经凌晨四点了，谢灵凌实在困得不行，掐着于晁硬邦邦的手臂，最终示弱："你行，你最行了，我实在不行了。"

于晁抱着她到花洒下冲了冲，问她："等会儿要不要和我一起晨跑？"

谢灵凌简直服了他："你居然还有力气晨跑？"

"怎么？"

"变态，还让不让人睡了？"

于晁轻轻拍了拍她的脸："你这床伴不太合格，这才几次？"

谢灵凌实在忍无可忍，大吼："你滚！"

于晁爽朗地笑着，将谢灵凌裹成粽子似的从浴室里抱出来。他一扫昨晚的阴霾，这一刻对她表露出来的不只是喜欢。

实在太困了，谢灵凌脑袋几乎一沾到枕头就闭上眼睡着了。

一旁的于晁却并没有什么困意，他侧躺在一旁，单手拄着脑袋看着谢灵凌的睡容，看了好久好久。

天从黑到白，于晁几乎一夜未眠。

他从未想过以这种不清不楚的关系和谢灵凌发展，虽然口头上答应了她，心里却并不这么认为。

于晁很清楚，从一开始，他就和谢灵凌阴错阳差。这么多年过去，他不想再错过，甚至，他都已经开始“脑补”起两个人的未来。

想着，他忍不住自嘲地一笑。

一想到有可能的未来，于晁的心里就酥酥麻麻的。他的家里总是很冷清，可谢灵凌这里不一样。

谢灵凌租的这套房子不大，被她打理得井井有条，纯白色的蕾丝床上用品，连窗帘也是纯白色的。房间里弥漫着一股淡淡的香味，和她身上香甜的气味有点儿相似。

于晁今天要上班，所以不能逗留。他睁眼到八点，不紧不慢地从谢灵凌的床上下来，先去收拾了凌乱的浴室，又顺便给谢灵凌准备了一些吃的，这才准备离开。

离开前，于晁折返回卧室，俯下身用指腹轻柔地摸了摸谢灵凌的脸颊，又温柔地吻了吻她的额头。明知道她不会听到，但他还是轻轻地说：“小圈圈，我走了。”

第五章 心动

他的议论文偏题偏到了十万八千里，更像一封诉说喜欢的情书。

谢灵凌这一觉倒是酣睡到了中午十一点，醒时脑袋昏昏沉沉的，鼻子也有点儿塞，好像感冒了。家里没有备感冒药，她也懒得去买。自己当老板就是这点好，不用掐着点打卡上班，并且想不上班随时可以不上班。虽然赚得不多，但在小县城里温饱是足够了。

之所以能这样没心没肺毫无压力，其实是谢灵凌想通了。

前些年的时候谢灵凌时常会看着自己的口袋各种焦虑，大城市里节奏快，她在互联网传媒公司上班，工资高，也更累。熬夜不是稀奇的事情，有时候她会为了一个创意赶好几个通宵。

太累，身体容易垮，但谢灵凌一直是拼命工作的那种人。她本就是一个异乡人，没有资本，没有靠山，只能通过自己努力。居无定所的日子，她最想要的是一套房，可想要在大城市买房哪里是一件容易的事情。

一直到同公司的一个同事猝死，让谢灵凌意识到就算天大的事情都没有命重要。

再来，是去年年初时，谢灵凌的爸爸因为生病住院命悬一线。那时候她意识到，无论自己有多排斥父母，可他们一旦生病，她还是无法做到漠不关心。

回到小县城里，谢灵凌打算用自己攒的那些钱买房。这些年她挣的钱用来买房装修绰绰有余，她这个人其实很宅，也更享受一个人的时光。更重要的是，在这里一切都像全新的开始。

谢灵凌到浴室洗漱时，脑子里闪现凌晨时分和于晁在这里发生的事情，脸上开始发烫。她有些怀疑，之所以会感冒，是因为昨晚在这里过于激烈。当时她出了很多汗，一冷一热的，难免会感冒。

她下意识想用手机给于晁发一条消息抱怨，但这个念头很快被她掐断，感觉逾越了。

谢灵凌出了浴室，接到妈妈的电话。

电话那头，妈妈语气低落："灵凌……我和你爸爸想给你弟弟买套房，还差一点儿钱就可以付全款。你能不能——"

还不等妈妈把话说完，谢灵凌直接道："不能。"

妈妈大概早就料到会是这个答案，软着声劝道："你就当借你弟弟好了，我们给你利息。"

谢灵凌着实有些头疼，她想都没想就直接拒绝："不借。"

这次还不等妈妈说什么，谢灵凌就听到电话那头骂骂咧咧的声音："什么东西！养了个白眼狼！养条狗都比养个女儿好！"是爸爸尖锐的声音。

妈妈连忙劝道："你小声点儿，说这些干什么！"

爸爸继续在电话那头说："这么点儿小忙都不愿意帮，不是白眼狼是什么！"

一字一句，谢灵凌听得清清楚楚，她懒得继续多说什么，直接挂断了电话。

换成平时她或许会考虑，毕竟这个弟弟是真心对她好，可她这会儿真的很难受。

不多时，妈妈给谢灵凌发了长长的一段文字消息，她懒得看，但也猜到大致的意思是说，爸爸这个人嘴硬心软，加上这两年身体不好，让她不要计较。

谢灵凌的确没有计较，因为她早就习惯了。

她的父亲谢温韦出了名的好吃懒做，还酗酒。以前谢温韦一醉酒回家就找妻子撒气，更是在谢灵凌面前对她妈妈拳打脚踢。可是让人觉得矛盾的是，小时候她大半夜生病发烧时，都是谢温韦抱着她去的医院。她至今还记得，那时候爸爸摸黑敲开私人诊所的门，让医生给她检查。

谢灵凌的妈妈陈合美出了名的性格怯懦、畏首畏尾。从小到大谢灵凌从陈合美嘴里听到最多的就是"忍一忍，你的爸爸其实是个好人，他只要不喝酒就天下太平"。的确，不喝酒的谢温韦也像个人，可一喝酒就变了样。

对了，谢灵凌还有个弟弟，名叫谢英勋，小她四岁。谢灵凌的父母重男轻女这件事是众人皆知的。

这通电话无疑让谢灵凌的心情更加糟糕，她走到阳台上望了一会儿天。

今天大雨，阴沉沉的乌云压着天空，闷得让人透不过气来。从某种程度上来说，天气也会影响一个人的心情。

谢灵凌转身来到厨房，意外看到餐桌上留有一张字条。

00：

锅里有小米粥温着，记得吃。

于晁

“00”是什么东西?

谢灵凌反应过来后扑哧一笑。也是，她的名字念起来就是数字的两个零。

谢灵凌去打开电饭锅，里面果然有小米粥。正好她也饿，舀了一碗小米粥坐在餐桌上一边慢悠悠地吃着，一边重新拿起于晁留下的那张字条看了看。

于晁的字迹苍劲，看起来很大气，让人挺有好感的。

谢灵凌想起，她高中时之所以会和第一个男朋友交往，有一个原因是对方的字写得好看。

那时候还流行写情书，但男生给女生写情书的并不多。那封情书上写的是什么内容谢灵凌忘了，但她记得对方的字很好看。

吃完小米粥，谢灵凌无所事事地重新回到床上躺着，不知不觉就睡着了。

睡得迷迷糊糊的，谢灵凌做了不少的梦。她再一次梦到有个女人指着她的脑门大骂：“不要脸的小三！不扒光了你的衣服让你游街都算便宜你了！我呸！”

谢灵凌醒来时浑身上下几乎都湿透了，被汗水浸湿的。她拿起手机看了眼时间，已经下午五点多。

窗外的雨淅淅沥沥下了一整天，这会儿天彻底阴暗下来，谢灵凌有一种被全世界抛弃的错觉。她撑起身子坐在床上，双手抱着自己的双腿，下巴抵在膝盖上，放了好一会儿的空。

一直到听到敲门声，谢灵凌有些恍惚，以为是自己听错了。她光着脚下了床，听到敲门声还在继续。

作为一个独居的女性，谢灵凌下意识起了防备之心，打开门上的猫眼看看，见到外面站着的人竟然是于晁。

谢灵凌全然不知今早于晁是几点钟走的，她睡得实在太沉。下午的时候她倒是梦到过他。

打开门，谢灵凌有些意外地看着于晁：“你怎么来了？”

于晁一身黑衣黑裤衬得整个人特别挺拔，大概是淋了雨，他短短的头发上有些湿润，肩膀上也有雨水的痕迹。

此时，他手上提着好几个塑料袋的水果蔬菜，一脸的坦然自若：“怎么？不能来？”

谢灵凌这会儿哪儿有什么心思和于晁调情，加上感冒的原因，整个人都是无精打采的。她也不客气：“你清楚我们的关系吗？”

“清楚。”于晁说，“你可以理解为我那方面需求比较旺盛。”

谢灵凌：“……”

“大概就是每天都想要。”于晁说完，自顾自提着东西进了屋，好像这是他的家。

谢灵凌：“……”

她算是发现了，于晁这个人有点儿无赖。

* * *

谢灵凌实在没有什么力气和于晁计较，自顾自去了客厅，在沙发上坐着放空。感冒让她头重脚轻的，她几乎睡了一整天，可整个人还是昏昏沉沉。

那边于晁提着大包小包的东西去了厨房，他像来到了自己家似的，打开冰箱，将买来的东西一一将冰箱塞满。

今早于晁准备动手做点儿早餐的时候，发现谢灵凌的冰箱里空空如也，最后他只在橱柜里发现一些小米。

下午的时候于晁路过谢灵凌的花店，见店门是锁着的，猜测她今天应该没有出门，也就是碰碰运气，没想到她真的在家。

不多时，于晁走过来问谢灵凌："晚上想吃点儿什么？"

谢灵凌摇头："什么都不想吃。"

于晁微微拧眉："你今天吃了什么？"

谢灵凌坦白："中午吃了点儿小米粥。"

"还有呢？"

"没有了。"说话间，谢灵凌连着打了几个喷嚏。再抬头，她耷拉着眉眼，眼眶红红的，看起来像只被遗弃的小猫。

于晁半蹲在谢灵凌的面前，与她平视："感冒了？"

"嗯……"谢灵凌有点儿埋怨的意思，"都是你害的。"

于晁想到什么，低声笑了一下，脸上的表情有些不羁："吃药了吗？"

"没有。"

于晁猜测："家里没有感冒药？"

谢灵凌点点头，说话时带着一些鼻音："就是有点儿头重脚轻的，也没什么。"

于晁说："既然你的感冒是我害的，那我得负责到底。"

谢灵凌说："不用你负责。"

但于晁跟没听到她说话似的，自顾自接着说："等会儿我做点儿吃的给你，再去买点儿感冒药，你晚上吃了药睡一觉，明天一早肯定就不难受了。"

谢灵凌没说什么，等于默认了。

生病的人莫名带着一些柔弱感，谢灵凌也不例外。况且这个时候她是真的懒得动弹，于是软趴趴地缩在沙发上。

于晁摸了摸谢灵凌的脑袋，神情宠溺。他转身去了厨房，宽大的身影背对着谢灵凌开始忙活。

厨房里很快传来水流声、燃气灶打开的声音，接着抽油烟机被打开，一些香气从厨房里跑出来钻进谢灵凌的鼻腔……整个屋子里瞬间就有了烟火气。

谢灵凌也不是不会做饭，只不过，大多数时候都是她自己一个人，实在懒得折腾。

外面还在下雨，但房间里灯火通明。寒潮被阻隔在外，谢灵凌看着于晁忙碌的身影，倒也觉得挺温馨。她很清楚他们的相处模式不该是这样的，内心的某个角落却一再纵容着于晁的逾越。

没一会儿的工夫，于晁就端了一碗面条出来，他没让谢灵凌挪地方，直接端到她面前。

谢灵凌看了眼茶几上的那碗面条，有些意外："是炸酱面啊？"她特别爱吃炸酱面。

"嗯。"于晁点点头，"你要加点儿醋吗？"

"要。"谢灵凌的胃口瞬间被吊起，她闻着香喷喷的炸酱面，食指大动。

见谢灵凌开始吃面条了，于晁说："我去楼下买点儿感冒药，一会儿就上来。"

"不用麻烦了。"

"是挺麻烦的，我总不好对着一个病人下手。"于晁难得笑得有点儿吊儿郎当，"所以你得赶快好起来。"

谢灵凌无语地白了于晁一眼。她一直以为他不过是一只乖巧的小狗狗，其实他是一匹不羁的大野狼。

于晁在她的面前好像逐渐展露本性。

这个夜晚因为于晁的出现，显得不同。

谢灵凌吃完炸酱面时，于晁提着一小袋感冒药回来了。回来时他还顺口跟谢灵凌提起：“你说，这天是不是被捅了个窟窿？”

“啊？”

于晁说：“都下了一天的雨了，没完没了。”

谢灵凌闻言忍不住扑哧一笑，觉得他这个形容还挺有意思的。

于晁快速吃完自己那碗几乎已经坨了的面条，又去厨房洗了碗筷，最后估摸着差不多该到吃药的时间了，这才给谢灵凌泡了感冒冲剂，又拿了一些口服药。

谢灵凌是真有些排斥吃药，她哭丧着一张脸，有些孩子气地逃避着，说：“我等会儿再吃，你先放着。”

于晁给了谢灵凌一点儿时间，但他很快发现她是故意躲避，于是霸道地坐在她的身边一把圈住她的肩膀，逼迫她吃药。他对谢灵凌说：“乖乖把药吃了，我就答应你一个要求。”

谢灵凌起了兴致：“什么要求都可以吗？”

“嗯，都可以。”于晁把杯子递到谢灵凌唇边。

谢灵凌想了想，说：“可是我好像没有什么要求。”

于晁无奈：“祖宗，你总有求我的时候。”

有那么一瞬间，谢灵凌恍惚以为自己好像在和于晁谈恋爱。他的宠溺是真，看人的眼神里也仿佛有着浓浓的爱意。

谢灵凌招架不住，她没再说话，乖乖地把药给喝光了。

一旁的于晁还挺欣慰地笑了笑，他伸手摸了摸谢灵凌的脑袋，忽然一把打横把她抱起。

谢灵凌吓了一跳，下意识双手扣着于晁的脖颈，问他：“你要干吗？”

于晁说：“抱你到床上去躺着。”

谢灵凌咕哝了一声：“我都躺一天了。”

“没办法，谁让你是病人。”

“感冒而已，算什么病啊？”

于晁将谢灵凌放到床上的时候，忽然俯身，以近乎占有的姿势抵着她的额头：“你这话的意思是在给我什么暗示吗？”

离得这么近，谢灵凌的呼吸没有办法平稳：“你别‘脑补’太多。”

可话刚说完，于晁的吻就落了下来。

谢灵凌顾忌着自己感冒，下意识地挣扎。但她的力气哪里抵得过于晁这个一米九的大男人，微微的喘息反倒像引诱。

于晁含着她的唇，声音哑哑的：“别动，让我亲一会儿。”他说话时嘴唇一张一合，像在她心里挠着。

谢灵凌用仅剩的理智告诉他：“别，我感冒了。”

“嗯，刚好传染给我，有福同享，有难同当。”

“变态。”

一回生二回熟，于晁现在在接吻这件事上完全得心应手，他顺利地用自己的舌尖撬开谢灵凌的唇齿，肆意地在她的唇内扫荡。

遥想一个月前他甚至连接吻都不会，现在反倒学会了撩拨。或许是男人天生的本能被激发，谢灵凌简直甘拜下风。

房间里只开了一盏壁灯，于晁一只手的手掌托着谢灵凌的后脑勺，一只手撑在她的枕头上。

她刚喝过感冒冲剂，嘴里有淡淡的甜，也有一些中药的苦涩。于晁一点点卷走那些掺杂的味道，留下他的气息，反反复复，辗转反侧，没完没了。

于晁的舌尖沿着谢灵凌的贝齿一圈圈地游走，又卷着她的舌头吮吸，但无疑，每一次的挑弄都让谢灵凌无法自拔。

过了很久很久，谢灵凌感觉到自己整个人都起了明显的反应时，于晁停了下来。他仍然撑在她的上方，两个人的脸离得很近。

于晁不怀好意地看着谢灵凌，又蜻蜓点水似的在她唇上啄了几口。

谢灵凌双手揪着于晁的衣服，一双含着雾气的眼眸看着他，一副娇滴滴的样子，惹人爱怜。

于晁低声问谢灵凌："还要亲吗？"

谢灵凌本能地点点头。

于晁扬扬眉，声音还是很低，一副哄孩子似的语气："那你求我。"

谢灵凌瞬间就清醒了，她伸手推他，坚决不妥协。

于晁似乎是恶作剧得逞，孩子气地咬了咬她的下唇，含糊道："小圈圈。"

谢灵凌不解："你说什么？"

"小圈圈。"

"那是什么？"

"你的名字。"于晁抓着谢灵凌的手，用自己的食指指尖在她手掌心画下两个圈。

酥酥麻麻的痒从谢灵凌的手掌心一直传到五脏六腑。

从来没有人这么亲昵地叫过她，这是于晁给谢灵凌起的专属昵称，十一年了。

* * *

氛围太过暧昧不清，谢灵凌忽然一把推开了于晁，她知道自己不应该放纵彼此之间的关系，这样只会无法收场。

于晁倒也不恼，只不过，脸上的神色从温柔转为一贯的肃冷。

谢灵凌把被子一拉，说："我准备要睡了。"话语里的逐客之意再明显不过。

"嗯。"于晁没多说什么，刚准备从床上起来，手机铃声倒是先响起来了。

他拿出手机看了眼来电显示，是董奇文。他怔了怔，又下意识地看了眼躺在床上的谢灵凌，并未第一时间接起电话。

谢灵凌难得看到于晁这种反应，总感觉他像在外面偷情，这会儿接到了正宫娘娘的电话。

"怎么不接？"谢灵凌问。

于晁脸上没有什么表情："是董奇文。"

谢灵凌嗤了一声："怎么？因为我在你不好接啊？"

于晁没说话。

谢灵凌说："我跟他都是几百年前的事情了，那会儿还是小孩子过家家呢。"

"我知道。"于晁只是单纯地不想接董奇文的电话。

高中的时候谢灵凌和董奇文谈过一个月的恋爱，最后惨淡收场，因为董奇文在和谢灵凌正式确认男女朋友关系的期间又和其他班级的女生暧昧。

谢灵凌之所以知道这件事，是因为她收到了一个陌生号码发来的消息——"你男朋友和其他班级的女生接吻了"。

女孩子大多敏感，那个年纪更无法接受自己被欺骗。谢灵凌性格直爽，当面问董奇文是不是和其他女生暧昧不清，董奇文支支吾吾，算是默认。

得知这件事之后，谢灵凌没有半分犹豫，就和董奇文分手，权当自己那一个月的真心喂了狗。

于晁和董奇文自打高中毕业之后联系就不多，但现在董奇文在市政府工作，两个人偶尔会有照面。两年前董奇文管辖的小区突然着火，是于晁带领消防队的成员去扑的火，一来二去，和董奇文就多聊了几句。

这么多年过去，董奇文倒是一直没有变，性格依旧开朗，现在更是长袖善舞。

于晁最后还是接起了这通电话。

那边董奇文说："兄弟，我要结婚了，正愁找不到合适的伴郎呢，思来想去，觉得你最合适。"

于晁不冷不淡地回了一句："哪里合适？"

"你可是上过央视的英雄啊！长得又那么帅！你不合适谁合适？"董奇文说得倒是很起劲，"给不给兄弟这个面子啊？好歹咱们高中的时候还是死党呢。"

于晁四两拨千斤地说："我不一定有时间。"

卧室里很安静，虽然于晁并未点开扩音，但谢灵凌还是听到他和董奇文的对话。

都是在一个县城长大的，抬头不见低头见，去年谢灵凌回来的时候就在路上偶遇了董奇文，董奇文特别自来熟地跟她打招呼，像个多年不见的老友似的聊了挺多。

年近三十的董奇文和高中那会儿是不能比了，他身上有种官场的做派，身材也越来越圆润，那张嘴倒像能把黑的说成白的。

正如谢灵凌所说，当年和董奇文的那段感情就像过家家。他们两个那会儿甚至都没有牵手，每天就是一起聊会儿天。

后来回想起来，那个月所谓的交往对谢灵凌来说也挺痛苦的。因为一封情书，她对董奇文产生好感。可交谈下来，她发现他的言行举止根本不像会写出那封情书的人。

电话挂断后，谢灵凌忽然问于晁："董奇文那封写给我的情书，你有参与头脑风暴吗？"

于晁顿了一下，说："为什么这么说？"

谢灵凌说："我记得你高中的时候作文得过全市一等奖呢。"

于晁有些意外："你知道？"

"我当然知道，我还拿你的作文当过范文呢。"谢灵凌甚至还记得一些细节，"那篇作文好像是议论文。讲国家情怀的，特别宏伟。我看完你的作文当时是真的佩服。"

于晁的心情豁然开朗起来，他饶有兴致地问："所以你那时候也关注过我吗？"

谢灵凌无情地说："没有。"

于晁故意将脸一垮："行吧。"

吃了感冒药之后，谢灵凌的困意很快上来，由不得她睡不睡。她也懒得管于晁走没走，就自顾自睡了。

于晁没走，他一个人坐在客厅里想起了一些和董奇文有关的事情。

高二有一天，董奇文擅自将于晁写的一篇作文署了自己的名。那篇作文最后成了他追到谢灵凌的情书。

于晁得知此事时，董奇文已经和谢灵凌偷偷确定了男女朋友的关系。

有一天放学，董奇文主动和于晁坦白：“兄弟，我把你随手写的那篇作文给拿走了哈。”

于晁有些不解：“什么作文？”

“就是你上语文课的时候在白纸上写的啊。”

于晁终于想起。那是语文老师布置的一篇议论文，主题是爱和喜欢的区别。

爱和喜欢的区别是什么，于晁也不懂，但他在写那篇议论文的时候，满脑子想的都是谢灵凌。他的议论文偏题偏到了十万八千里，更像一封诉说喜欢的情书。

于晁第一次有些急，他向董奇文要那篇作文：“还给我！”

董奇文满脸的吊儿郎当：“喂，你那么激动干什么？”

于晁拧着眉：“写得不好。”

董奇文说：“写得太好了！我用你写的那篇作文追到了谢灵凌呢。”

于晁有些怔怔的：“你们……在一起了？”

董奇文很傲娇：“对啊，不多说了，我和她约好了放学一块儿回去。”

那个当下于晁说不出自己心中是何种滋味。可他很清楚，自己拿着书本的指尖因为过于用力，泛着隐隐的疼。

青春期的那份热烈和躁动像被迎头浇下一盆冷冰冰的水。

之后有一段时间，于晁还要被迫帮董奇文打掩护，看着他们两个人有说有笑，他心灰意冷。

那时候于晁拼了命地打球，一下课就会从教室里消失。他也会嫉妒，会吃醋，更心如刀割，看着自己最好的朋友和自己暗恋的女孩子在一起，只觉得天意弄人。

最让于晁生气的是，董奇文在和谢灵凌交往期间并不安分。他几次三番在于晁面前提起哪个班级的女孩子漂亮，又说哪个班级的女孩子比谢灵凌的胸部要大，有一次甚至偷偷对于晁说："我和五班的那个谁接吻了，谢灵凌不让我亲，我找别人了。"

那天在篮球场上，于晁忍无可忍，把篮球砸在了董奇文的身上。

董奇文惊呼一声："于晁，你有病吧！"

于晁一张脸冷若冰霜："抱歉，失手了。"

董奇文却又不计较："得，谁让你是我好兄弟呢，不然今天让你吃不了兜着走。"

于晁问："怎么个吃不了兜着走？"

董奇文哈哈笑，伸手钩住于晁的肩膀："哟，你还较劲了是吧？"

于晁拍开董奇文的手，表情阴冷："别用你的脏手碰我。"

"靠！"

他们两个人那天在篮球场上狠狠地打了一架，于晁的眼角留了一个疤。

…………

于晁这辈子做过的最卑鄙的事情，大概是揭发了好兄弟和别人暧昧的事情。他一向自诩光明磊落，却偷偷地用一个陌生的号码给谢灵凌发了那条消息。

他眼睁睁看着自己的好兄弟和自己暗恋的女孩子分手，心里说不上是喜还是悲。

但那个时候，于晁从没有想过要把谢灵凌从董奇文的手中抢走，是董奇文自己不珍惜。

第六章 让我抱一会儿

一起下班，一起买菜，一起吃饭，一起洗碗，一起相爱，就像很多的情侣一样。

谢灵凌的感冒倒是很快就好了。隔天她就去了花店，因为物流显示有一批花会到，她还得去店里处理情人节剩下的那些花。

接下来几天，于晁倒是都没有再来找过谢灵凌，谢灵凌自然也没有主动找于晁。反倒是这样互不打扰的关系，让谢灵凌觉得非常有安全感。她不能否认自己对于晁是有一些好感，否则不会主动约他，但有好感归有好感，并没有到非他不可的地步。

至于于晁是出于什么心态和她保持这种关系，谢灵凌不太清楚，也懒得去多想。

春暖花开，近来气温持续上升，道路两旁的乌柏树冒出了嫩绿色的枝丫。

谢灵凌的花店离附近一所高中不远，最近开学，每天放学的时间段都很热闹。

这天有个男孩子推开花店的门，一脸腼腆地问谢灵凌："请问，我想给暗恋的女孩子送一束花，应该送什么比较好？"

谢灵凌眉眼弯弯，耐心地介绍："玛格丽特的花语有期待爱的意思，这种花十分小清新，一般女生都很喜欢。"

男孩子指了指摆放在玛格丽特旁边的向日葵，问："那它呢？适合送吗？"

谢灵凌点点头："向日葵也不错，它的花语是沉默的爱。"

男孩子很快确定："那我就要向日葵。"

谢灵凌选择了几朵品质不错的向日葵，又点缀了一些小雏菊，精美包装了一番。

在这个过程中，男孩子一直乖乖地站在一旁等待，眼底点缀着希冀的光芒。

很快，向日葵花束交到男孩子手中，男孩子付了款对谢灵凌说："谢谢。"

望着男孩子离开的背影，谢灵凌脑子里莫名冒出一个问题：真的会有十一年的暗恋吗？

谢灵凌觉得这种看不见摸不着的暗恋太抽象了。一个人真的会喜欢另外一个人长达十一年那么久吗？况且还是在和对方没有产生什么交集、没有任何接触的情况下。

谢灵凌思来想去，认定于晁对她那些所谓的喜欢大概只是喜欢他脑海里美化的她。如果他们两个人真的接触起来，到时候她的所有缺点在他面前暴露，他未必还会喜欢她。

她之前还有个喜欢了好多年的明星呢，可自从知道那个明星在私底下作风不正，随便勾搭粉丝，她便瞬间无感了。

这么一想，谢灵凌豁然开朗。

许是天气好，今天生意还算不错。

谢灵凌接到物流送来的一批鲜花，有条不紊地整理着。她背对着大门，听到有客人推门时铃铛的响声，顺口道："欢迎光临。"

那位客人并未开口说话，谢灵凌忙着手头上的事情，下意识转过头，发现是于晁。

于晁站在向日葵花盆前，微微俯身。他侧身对着谢灵凌，亚麻质地的日系衬衫内搭一件纯白色的T恤，下半身是一条休闲的牛仔裤，脚踩一双板鞋，是很干净的穿搭，也显得很年轻。

一直以来于晁给谢灵凌的感觉都是这种阳光的气息，同龄人这个年纪慢慢开始油腻、发福，但他完全没有。

大概是注意到谢灵凌的目光，于晁抬起头，对她说："上次你送我的向日葵都枯了。"

谢灵凌反驳："怎么可能？如果每日正常换水，现在天还冷，可以养三到四周。"

于晁一脸笃定："枯了，我要重新买。"

"行吧。"谢灵凌走过来，又问，"你是不是没有每天换水啊？要不然我给你一些保鲜剂，这样可以三四天换一次水。"

于晁点点头，脸上带着微微的笑意："嗯，谢谢。"

一束向日葵也不贵，于晁付款的时候谢灵凌没有推三阻四地客气。

其实上次谢灵凌送给于晁的那束向日葵根本没枯，不仅没枯，还因为于晁的细心照料，仍然鲜艳夺目。只不过，于晁这个大"直男"实在找不到什么理由和谢灵凌产生交集，他们的社交圈不同，如果他永远不行动，只怕两人一辈子都不会有什么机会。

"感冒好了吗？"于晁问。

谢灵凌低头包着花，淡淡地回答："嗯。"

都是成年人，她知道于晁今天来目的不纯，在于晁开口之前，她先声夺人："不过，我最近没有那方面需求。"

于晁笑了一下，身子倚在桌子上，歪着脑袋看谢灵凌："你指的是哪方面需求？”

已经是黄昏，一抹斜阳照进花店，在满是绿植鲜花包裹的几平方米空间里，像聚焦点。这一抹光不偏不倚刚好照耀在于晁的身上，衬得他满身都是温柔。

谢灵凌瞪于晁一眼，把那束向日葵塞到他怀中的同时，说：“什么方面都没有！”

于晁接过花的同时抓住谢灵凌的手腕，两人距离极近，那抹原本只照在于晁身上的光分了一些到谢灵凌的身上。

他的气息逼近，声音低沉：“要不要约？”

谢灵凌明知故问：“约什么？”

此时的气氛说不上好，但绝对不坏。谢灵凌的内心有片刻松动，她很清楚于晁拙劣的技巧，却忍不住被吸引。

店门突然被人用力一把推开，挂在门上的铃铛急促地响了好几声。

谢灵凌下意识拍开于晁的手，转过身见到了谢温韦。

谢温韦身高一米七三，因为腿长，身材偏瘦，所以看着很显高。因为去年生过一场病，他整个人看起来沧桑许多。

没有任何客气的开场白，谢温韦一推开门不管三七二十一就朝谢灵凌怒吼：“老子白养了你那么多年！养出了一个白眼狼！跟你借点儿钱都不肯！怎么？害怕我们把你的钱给抢了啊！”谢温韦面红耳赤，身上带着浓浓的酒意。

不用猜，谢灵凌都知道谢温韦肯定是喝了酒来发酒疯的。这种情况早已经屡见不鲜，但她还是会被气得发抖。

谢温韦和谢灵凌长得有几分相似。于晁认得谢温韦，知道他是谢灵凌的爸爸。

在谢温韦又一次用手指指着谢灵凌破口大骂的时候，谢灵凌不甘示弱地回嘴：“你一个大男人没用，就会来我这里撒酒疯。对！我就是白眼狼！我有钱也不会借给你！”

说话间，谢温韦一巴掌就扇到了谢灵凌的脸上，猝不及防。

任谁都没有料到谢温韦会真的动手，站在一旁的于晁一步走到谢灵凌的面前。在谢温韦准备再次动手的时候，于晁冷着脸抓住他的手腕：“说话就好好说！”

于晁毕竟个子高，谢温韦抬起头看着他：“滚开！不关你的事！”

“我管定了！”于晁这人冷着脸时一看就不好对付，他用力地将谢温韦的手推开，让对方往后踉跄了好几步。

这时，风尘仆仆赶来的陈合美一把拉住又要发疯的谢温韦。

陈合美瘦弱，拉谢温韦的时候很是吃力。

谢温韦醉得不轻，走路也摇摇晃晃。陈合美一边扶着谢温韦，一边对谢灵凌解释：“你爸喝多了，他说的话你不要当真，他最近身体也不好，为了钱的事情很发愁——”

谢灵凌的身影被于晁挡着，她低着头，没有说话。

陈合美又说：“灵凌，妈妈先带你爸走了，你别生气——”

谢灵凌依旧没说话。

陈合美知道女儿的脾气，叹了一口气，推着谢温韦离开了花店。

这对夫妇走后，花店里似乎呈现出一种凄冷的意味。

黄昏的那抹光早已经褪去，天色也越来越昏沉。

于晁转过身，低着头看着谢灵凌。那个五指印在谢灵凌白皙的脸颊上已经露出痕迹，看着瘆人。于晁下意识咬了咬牙，心里泛着一阵阵的疼。他很气，也很无力，在刚才那个瞬间他居然没能来得及阻止。

于晁没说什么冠冕堂皇的话，他伸手将谢灵凌拥入自己的怀中。她真的特别娇小，被他宽大的身躯瞬间覆盖。

谢灵凌倔强地挣扎，他轻轻拍了拍她的后背："乖，让我抱一会儿。"

* * *

谢灵凌的眼泪无声地落在于晁的胸膛上，浸湿了他的衬衫，好在他的肩膀宽，足够包容她。

这么多年过去了，谢灵凌以为自己足以淡定地应付，可面对刚才那种情景，她还是无法从容。她的身体微微战栗，脑袋埋在他的胸前，她狠狠咬着下唇。

最矛盾的是，她明明知道自己很讨厌谢温韦，却无可奈何。这人是她的父亲，她是他的女儿。

到底还是不想让人看到自己这么狼狈的样子，谢灵凌推开于晁："是不是觉得很可笑？"

"不可笑。"

谢灵凌没有去看于晁这个时候是什么神色，她转身将那束向日葵拿过来塞到他的怀中，赶客："行了，你走吧，我真的累了。"

"一起吧。"于晁语调很平常，仿佛刚才的事情都未曾发生过。他还说："顺路去菜市场买点儿菜，反正我一个人也是下厨做饭，你来了就是多一双筷子的事情。"

谢灵凌猛一抬头瞪着于晁，语气不耐烦："你听不懂我说话吗？"

“听得懂。”于晁一脸坦诚，“但是我做不到扔下你一个人。”

谢灵凌气笑了：“于晁，你真的不是我的谁，所以不要拿出这副姿态跟我说话，好吗？”

于晁问：“朋友也不算吗？”

谢灵凌说：“不算。”

于晁点点头：“那老同学呢？这个你没有办法否认吧？”

谢灵凌的确没有办法否认。

于晁自顾自开始帮谢灵凌收拾：“老同学邀请老同学一起吃晚餐，合情合理吧？”他说着上前一步，用指腹擦去谢灵凌眼角的一点儿湿润，说，“其实这不是我第一次看你哭。”

“什么？”

“高三的时候，有一次我偷偷尾随你到了你家附近。那天我听到你爸爸在呵斥着什么，不一会儿，你就一个人跑出来到河边哭。”

他没有说的是，自己以前经常站在她的身后，远远地看着她。但他不会打扰到她，尽可能把自己当成一团空气。

谢灵凌想了想，根本想不起来有这么一件事。其实那个时候家里乱糟糟的，她隔三岔五就要被谢温韦训斥。高三又是压力最大的时候，她的哭更多的是发泄，而不是懦弱。

于晁接着说：“我当时生怕你想不开去跳河。”

谢灵凌听到这里实在忍不住扑哧一笑：“我才不会做这种傻事呢！自杀的人最傻了。只要活着，一切都有希望。”

于晁欣慰地笑了笑：“是啊，你比我想象中要更无畏、果敢。”

“打住，别吹彩虹屁。”谢灵凌抓住刚才对话中的重点，质问于晁，“你以前跟踪过我？”

“嗯，不止一次。”于晁倒是一点儿也不觉得自己有错，反倒对谢灵凌说，“我倒是好几次都想要提醒你，你这个人警觉性太差了。”

“哪里差了？”

“我这么一个大活人跟在你身后，你居然都没有发现。”这是肯定句。

谢灵凌忽然变得开朗：“要是死人跟在我身后，我才要害怕吧。”

于晁若有所思地点点头。他记得谢灵凌好像挺怕鬼的。

谢灵凌后知后觉，于晁好像把她给哄开心了。

后来她跟着他一起去了菜市场，这个点菜市场的菜所剩无几，于晁选了一条鲈鱼、几个西红柿，外加一些鸡蛋。挑选牛肉的时候，于晁把自己手上的一个塑料袋交给谢灵凌，让她帮忙提一下。

谢灵凌全程跟在一旁，新奇地看着于晁一个大男人游刃有余地穿梭在菜市场，倒也觉得十分有趣。

回去的时候于晁顺便买了一些水果，这次谢灵凌提议帮他提一些东西时，他回绝了，说自己一个人提没有问题。

天色已经彻底暗沉下来，小区里亮起了路灯。

谢灵凌和于晁的身影在光影的投射下一高一矮，他两只手上提着满满当当的东西，她的手上则抱着一束向日葵。

这是谢灵凌第二次来到于晁家，和上次的感觉相差不大，但这一次她似乎更加从容。她先是主动去卫生间洗了手，又去把那束向日葵修剪一番，插入花瓶中。

自然，她也看到了于晁口中那束已经“枯萎”的向日葵，此时它正被养在一个透明玻璃质地的花瓶里。这束花不仅没有枯萎，反而被照顾得很好。

于晁从厨房出来时正巧见到谢灵凌半蹲在地上摆弄那两束向日葵，他无声地笑了笑，问她：“想吃小炒牛肉还是炖牛肉？”

谢灵凌问：“哪个方便？”

“都方便。”

“那就小炒牛肉吧。”

“好。”于晁说着系上围裙，又嘱咐谢灵凌，“你饿的话，先吃点儿橘子垫垫。”

“嗯。”

于晁速度很快，没多久就做好了三菜一汤。

说实话，两个人吃这么多感觉还挺浪费的。但因为于晁个儿头高，食量也大，这顿晚餐倒是没有剩下多少。

谢灵凌有个问题，实在好奇，便问于晁：“为什么你吃这么多都不胖？不仅不胖，还有肌肉。”

于晁顺势掀开自己的衣服，不害臊地当着谢灵凌的面摸了一把自己的腹肌，问她：“羡慕吗？”

“羡慕个屁。”谢灵凌发现，这个人怎么越来越油嘴滑舌了。

于晁又问：“想摸吗？”

“想个屁。”又不是没摸过。

“真不想？”于晁懒洋洋地靠在椅背上，“我怎么记得上一次你摸着不撒手？”

“滚。”

于晁收起玩笑，起身收拾碗筷。

谢灵凌吃人嘴软，提议帮忙。

于晁这次倒是没有推拒，使唤起谢灵凌："你拿抹布擦擦桌子。"看似分工明确，但于晁分配给谢灵凌的任务显然简单到不能再简单。

谢灵凌擦完餐桌，再转身时，看到不远处于晁正在微微弯着腰洗碗。

夜晚房间灯光明亮，温柔又温暖，他们两个人就像一对小夫妻。

于晁洗好碗，转过身。谢灵凌就站在他身后一米远的位置，看着他，他瞬间便懂她的意思。

晚上九点多的时候，谢灵凌接到了弟弟谢英勋的电话。

这个弟弟一般不会找谢灵凌，更极少会麻烦谢灵凌什么事情。他给她打电话估计也是因为下午的事情。

谢英勋问："姐，你不在家吗？"

谢灵凌嗯了一声，懒洋洋地躺在床上。刚刚结束某项激烈运动，她这会儿连动都不想动。

谢英勋在电话里说："我都听妈妈说了，爸爸下午去你店里发疯了，是吗？"

谢灵凌还是不紧不慢地嗯了一声。

谢英勋继续说："姐，爸爸去找你要钱这件事，我事先不知道，对不起。"

谢灵凌这会儿没出声，她不太想说话。

谢英勋知道谢灵凌的脾气，他温声道："我跟爸妈说了很多遍，让他们不要管我的事情，买房的事情是我女朋友提出来的，但我没有想过用爸妈的钱，更没有想过压榨你辛辛苦苦赚的钱。”

谢灵凌沉默了一会儿，道：“嗯。”

虽然父母重男轻女，但谢英勋倒是对自己的这个姐姐一直很不错。小时候谢英勋总爱跟在姐姐谢灵凌的屁股后面屁颠颠地跑，反倒是谢灵凌因为嫉妒他集万千宠爱于一身，所以很讨厌他。

谢灵凌听得出来，谢英勋在和她说话的时候语气里都带着小心翼翼。

谢英勋问：“姐，你在哪儿？我刚才去了你的花店，你不在，我现在在你家门口。我想见你一面，可以吗？”

谢灵凌刚想开口说话，便见于晁从浴室走出来。

于晁只穿一条灰色的长裤，上半身肩膀宽阔，背脊挺直，肌肉像钢桩铁柱一般。他这会儿手里拿着一条毛巾，径直朝谢灵凌走过来，掀开被子，拍了拍她的大腿。

谢灵凌本来是不打算让于晁帮忙的，可大概是正在通电话的缘故，她下意识把双腿分开了一些，任由他摆布。

电话那头的谢英勋还在说：“姐姐，你真的没在家里吗？”他以为谢灵凌是故意避而不见。

谢灵凌坦诚道：“我真不在家里，你不要想太多，我没有要怪你的意思。”

她说话时，感觉到温热的毛巾轻柔地在自己皮肤上擦拭，带走了那些污秽和潮湿。眼前的于晁低着头，一脸认真专注的模样。

谢英勋好似松了一口气，又对谢灵凌说：“姐，我可能今年会结婚。”

谢灵凌有些意外：“你才多大就想结婚？”

谢英勋说：“也二十四了。”

谢灵凌说：“才二十四，不过是小屁孩一个。”

“主要是，我特别想要结婚。”

“为什么呢？”

“想要有个家，每天回家的时候可以看到心爱的人。我和她不求大富大贵，就想健健康康的，遇到问题和困难相互有个依靠和照应。”

谢灵凌认真听着，原本劝阻谢英勋的话也留在了腹中。她觉得谢英勋这种婚姻观挺美好的，也挺梦幻的。

正想着，谢灵凌忽然一激灵，她低头，下意识想要抓于晁的头发。可于晁的头发实在太短，她根本抓不住一寸。

于晁干脆把被子一拉，盖住两人。

谢灵凌想要蹬腿，被他单手钳住，动弹不得。她咬着唇，面红耳赤，怎么都没有想到他会突然来这么一下，更重要的是，他是从哪里学来的？

电话这边，谢英勋仍在询问谢灵凌：“姐，我想请你吃个饭，到时候我把我女朋友也叫上，你看你什么时候有空。”

谢灵凌这会儿根本说不了话，她躬着身子躺在床上，努力不让嘴里的声音溢出。

偏偏被子里面的于晁像故意和她唱反调，他抓住她的脚踝，顺势在她的脚背上亲了一口。

终于有了一点儿喘息的空间，谢灵凌立马对谢英勋说：“我随时有空，先这样吧，我还有点儿事。”她要找于晁算账。

谢英勋忙说：“好，你先忙吧。”

电话一挂断，谢灵凌就掀开了被子，一脚蹬在于晁的肩膀上。

于晁顺势拉着谢灵凌的脚踝，将她的双脚圈在了自己腰上。

谢灵凌骂他："变态！"

于晁舔了舔唇，一脸不怀好意的笑："不喜欢这样？"

"我刚才在打电话啊！"

于晁点点头："知道了，所以还是喜欢的，是吗？"

谢灵凌无语，起身下床。

于晁抓住她的手问："去哪儿？"

"洗澡。"

"刚才不是帮你擦过了？"

谢灵凌强调："我要洗澡。"

于晁仗着自己力气大，干脆一把将谢灵凌按在了身下，低声道："再来一次，等会儿一起洗。"

"滚啊。"谢灵凌脸上带着无奈的笑，双手撑在于晁的胸膛上，"你怎么还要啊，能克制一下你自己吗？"

于晁坏坏地咬了咬谢灵凌的唇："不公平，凭什么你想要的时候就可以，我想要的时候就不可以？"

"你少给我扯歪理。"谢灵凌戳了戳于晁的肩膀，"小心纵欲伤身。"

"关心我啊？"

"关心你个头。"

最后于晁还是放谢灵凌离开。

谢灵凌去洗了个澡，洗完之后独自一个人站在阳台上抽烟。安静下来时，她的心里还是很烦乱。

于晁拿了一件衣服出来披在谢灵凌的身上，提醒她注意别着凉。

谢灵凌客气地对他说：“谢谢。”

她侧身对着他，白皙的脸上那个五指印还十分明显。

于晁忍不住伸手摸了摸谢灵凌的脸颊：“还疼吗？”

谢灵凌不客气地一把拍开他的手：“不要你可怜。”

于晁说：“明天我还想去你的花店。”

谢灵凌觑他一眼：“干吗？”

“干和今天晚上一样的事。”一起下班，一起买菜，一起吃饭，一起洗碗，一起相爱，就像很多的情侣一样。

谢灵凌将手中的烟掐灭，她双唇嫣红，衬得那张脸越发白皙。她转过身背对着于晁，双手撑在阳台栏杆上，一头浓密的长发披散在后背。

于晁走过来站在谢灵凌的身旁，没等到她的回应，他低声开口道：“不要拒绝我，好吗？”

* * *

谢灵凌最终还是拒绝了于晁的请求。她对于晁说自己明天要见见弟媳，还要和他们一起吃个饭。

于晁便没有再多说什么。他总是特别懂得适可而止。

谢灵凌第二天也的确赴了弟弟谢英勋的约，见到了他的女朋友。女生名叫苏佳妍，留着及肩的短发，五官很精致，性格也很开朗。

谢英勋和苏佳妍同岁，两个人高中就是同学。大学的时候苏佳妍主动追求谢英勋，两个人交往了四年，算是从校服走到了婚纱。

据苏佳妍所说，她高中的时候就暗恋谢英勋了，不过，那个时候她不敢告白。一直到她努力与谢英勋考取了同一所大学，她才敢主动告白。谢英勋比苏佳妍想象中要轴很多，她追了他整整一年，才打动他。

说起这件事时苏佳妍带着调侃的口吻，谢灵凌忍不住跟着笑。

谢灵凌了解自己的弟弟，像谢英勋这种人，认定了大概就会是一辈子。结婚这件事不是谢英勋一时兴起，而是他深思熟虑的结果。

谢灵凌虽然不能说和苏佳妍一见如故，倒也对她印象不错。一顿饭下来，苏佳妍总是有说有笑，特别容易相处。相较而言，谢英勋的话就少一些。

或许和成长环境有关，谢英勋自幼就不是话多的人，他深深厌恶酗酒的父亲，为自己的无能感到无力。

饭后，趁着苏佳妍去洗手间的工夫，谢灵凌嘱咐谢英勋："既然你决定要结婚了，可千万不能辜负人家小姑娘。"

谢英勋有些腼腆地笑笑："我会对她好的，放心。"

谢灵凌若有所思地说："女人在婚姻中往往处于弱势。最可怕的是，她的青春都给了你，你最后却辜负了她。"

谢英勋认真看着谢灵凌说："姐，你放心，我不会这样的。"

"嗯，你知道就行。"

饭后，谢灵凌独自一个人走路回家。谢英勋提议要送谢灵凌，被她婉拒。现在春暖花开，气温适宜，饭后在步行街逛一逛，倒也算是放松。

谢灵凌最近考虑去买一辆小电驴，这样她来回花店也方便，偶尔想出门也不用打车。

这个小县城不大，但麻雀虽小，五脏俱全，生活在这里再合适不过，因为物价不高，人们的脚步也放得缓，并不会感到太大的压力。

以前的谢灵凌总是很向往大城市的高楼大厦和快节奏，可被生活磨平了棱角之后，她发现在小县城反而更加舒服自在。

路过一家杂七杂八的小饰品店，谢灵凌进去买了一对耳环、几根头绳。她又去附近的一家奶茶店点了一杯三分甜的水果茶，走着走着，不知不觉就到了自己的高中母校。

这个点高二高三的学生都开始上晚自习了，一整栋教学楼都亮着灯，很安静，却又富有朝气和无限的希望。

校门口的变化不大，新开辟了花坛，种上了很多绿植，春意盎然。但谢灵凌一眼就看到了校门口那棵梧桐树，都这么多年了，还是这么枝繁叶茂。

这里有谢灵凌无数青春的回忆，没想到一眨眼居然都过去了十年。

心血来潮，谢灵凌拍下校门口的照片，在微信里找到于晁，点击发送。他们两个人的微信倒是加了挺久了，不过，他们一直都没有联系。

不一会儿，于晁回复谢灵凌："你在哪儿？"

谢灵凌回了一个无语的表情包："你说呢？"

于晁这个时候正在上班，他是行动组组长，今天原本不是他值班，但因为没事干，便帮同事值班，要熬通宵。

谢灵凌问于晁："要不要给你带夜宵？"

于晁秒回："你确定？"

谢灵凌："这有什么不确定的？"

于晁："好，我等你。"

谢灵凌："我以为你会拒绝呢。"

于晁："为什么要拒绝？"

于晁："倒是你，不准反悔。"

谢灵凌："知道啦！"

谢灵凌知道自己对于晁的感情已经不再单纯，她不想自我纠结，想做什么就大胆去做。

昨天晚上拒绝了于晁之后谢灵凌心里就很不舒服，说不上来是什么原因。后来她要回家，于晁执意要送，可于晁在送她回去的路上整个人明显呈现出一种低落的情绪，像极了一只被主人抛弃的大狼狗，谢灵凌就差伸手摸摸他的脑袋了。

所以这个时候，她提出要给他带夜宵，更像安抚他，也像抚平自己骚动的心。

准备去买夜宵的时候，谢灵凌就开始有些后悔了。她脑袋一热，忘了消防大队肯定有很多人在上班，她这个时候过去给于晁送夜宵，似乎影响不太好。

谢灵凌问于晁，要不要给他队里的其他人也带一份。于晁说："不用，给那帮臭小子带什么夜宵？"

小县城有独特的夜宵一条街，卖什么的都有，最受欢迎的是扁肉燕、蚵仔煎、烧肉粽、牛肉丸等。谢灵凌一时间拿不准到底要买哪一样，索性各买了一份，最后提了满满一袋子去消防队找于晁。

于晁早早地就在门口等着谢灵凌了。他穿着一身消防队统一制定的春秋备勤服，依旧衬得肩宽腰窄，气质非凡。

长得高、身材好是于晁天生的优势，加上有一副好容貌，是个女人都会沦陷。

谢灵凌还是第一次见于晁这种打扮，觉得挺好看的，就多看了两眼。

于晁大步朝谢灵凌走去时，消防队一帮人全都躲在楼上偷看。距离远，他们看不清队长“女朋友”的长相，不过单是那身段和飘逸的长发，大家就断定这人一定是个天仙。

谢灵凌一只手上提着夜宵，一只手上拿着自己喝了一半的水果茶。把手上提着的夜宵递给于晁，谢灵凌手掌心都勒红了，她下意识甩了甩手，略微带着些许喘息说：“任务完成！”

于晁低头看着谢灵凌，顺手去拿她喝了一半的那杯水果茶。

谢灵凌阻止：“这是我喝过的！”

“你喝过又怎么了？”于晁直接就着吸管畅饮，一口几乎全部喝完，然后抿着唇笑眯眯地看着谢灵凌。

谢灵凌抬头觑他：“傻笑什么？”

“不知道，就是很高兴。”从她给他发消息开始到现在，他就一直止不住地开心。

谢灵凌因为他的高兴也莫名开心，她清了清嗓子，说：“没事的话，我先走了啊。”

于晁知道留不住她，又不想让她走，就问她：“要不要去值班室坐一会儿？陪我吃夜宵。”

谢灵凌拒绝：“你们的纪律呢？”

于晁心虚："那我送你回去。"

好在谢灵凌有先见之明，晃了晃手机："我在App上叫了车。"

"好吧，那我送你上车。"

第七章 喜欢我

浅尝辄止的吻对于晁来说怎么够，
他只想深吻。

那晚送夜宵过后，谢灵凌原以为她和于晁之间的关系或多或少会有一些明显的发展，但让她感到意外的是，于晁并没有再来找她。

整整一周，于晁像人间蒸发了似的，一直没有联系过她，更别提来找她了。这很不像于晁的行事风格，却又像所有男人都会做出来的事情。谢灵凌早已经习惯，莫名有些唏嘘。

其间，谢灵凌倒是好几次拿出手机想给于晁发一条消息，可当她看到两个人的聊天对话框停留在上次以她结尾的话题里，便瞬间作罢。

没有过多猜测，谢灵凌也懒得去猜测。她继续每天朝九晚五，心情不好了就不开店门，日子过得还算舒坦。一直到那天老同学周卢来到她的花店，提起于晁。

周卢高三分班的时候和谢灵凌一样选择的是文科，所以他和谢灵凌倒是做了三年的同学。又因为他是数学课代表，谢灵凌时不时就会请教他一些问题，一来二去就熟络了起来。况且周卢这个人也挺好相处的，这么些年了，谢灵凌还是觉得和他相处很自然。

周卢这人还挺讲义气的，知道谢灵凌开了这个花店，隔三岔五就会来买上一束花。

他说自己不是浪漫的人，但花买来送老婆，老婆能对他笑上一整天。于是每次谢灵凌都会仔细包装，力求花束能够更加精美。

这次谢灵凌跟周卢建议的是送粉红色的乒乓菊。粉粉嫩嫩的球形，花形饱满，看着少女心十足，也很受女性喜欢。

谢灵凌说："这花花期久，你养上一个月都不是什么问题。"

周卢笑："巧了不是，我老婆上次还跟我提到什么乒乓菊呢！没想到长这样，我一个男人看着都喜欢。"

"心有灵犀了这是，那我就给你包起来。"

"行。"

谢灵凌在包花束的时候，周卢双手背后，站在店里百无聊赖地打量着。公务员的工作相对来说轻松，时间上也宽泛，这会儿虽然是上班时间，但他忙完了工作，顺便路过来买花。

周卢还问谢灵凌有没有打算考个公务员，谢灵凌摇摇头说自己不是考试的料。

不知怎么的，周卢忽然就提到了于晁："欸，你和于晁有联系吗？"

谢灵凌包花束的动作一顿，她摇头："没有。"

周卢一脸八卦："我还以为去年那次你捡到于晁的钱包后，你们两个人会有联系呢。"

谢灵凌心跳漏了一拍，她以为自己和于晁这段关系被老同学知道了，想来，和自己的高中同学保持不清不楚的关系，这个决定实在不太明智。

周卢感慨道："消防员这个工作啊，的确是辛苦。"

谢灵凌顺着他的话说："这年头，什么工作不辛苦啊。"

周卢道："你不知道吗？咱们市里一周前有个消防员牺牲了。"

谢灵凌还真不知道，她问："怎么了？"

"救火，活活烧死的。"周卢叹气，"才十八岁呢，那么年轻，真是好惨。"

谢灵凌手上的动作缓了缓，她莫名想到了于晁。他也是消防员，每次出任务都会很危险吧？

"对了，那次任务，于晁也参与了，他受伤了。"

谢灵凌彻底停下手上的事，认真地问："他受伤了？"

周卢点点头："嗯。"

谢灵凌下意识地问："严重吗？"

周卢闻言一脸不好意思："说起来，我也不是很清楚，我没去看过他，主要是最近政府里事情挺忙的，我也是听消防队的人提起的——"

只不过是随口找的一个话题，周卢说着说着竟然有些心虚。高中的时候周卢经常和于晁一起打篮球，现在工作上偶尔也会有一些接触，说起来也算是难得认识这么多年。都是老同学，他好像过于冷血了一些，竟然没有去探望过于晁。

周卢说完看了一眼谢灵凌，好在她低着头，并没有多说什么，似乎并不感兴趣。

周卢走后，谢灵凌立即拿出手机，翻出了于晁的联系方式。

她说不上来心里是什么感受，只是内心的某个角落似乎豁然开朗。她好像终于明白这段时间于晁不联系她的原因。

将近十天没有联系，于晁的头像早就沉下去了。谢灵凌往下滑了滑，点开于晁的头像，原是准备问他有没有受伤，可打下去的字又被她一个个删除。

数日没有联系，第一句开场白竟然不知该说什么，谢灵凌想问于晁在干什么，又想问他在哪儿，还想问他伤得严重不严重。

万万没有想到的是，就在她犹豫的时候，于晁的电话号码忽然出现在她的手机屏幕上。她怔了几秒，意识到这是于晁给她打来了电话。

这算是心有灵犀吗？她看着来电显示，心跳莫名快了几拍，随后按下通话键。

于晁："在忙吗？"隔着电波，他的声音依旧低沉、瓷实、蛊惑人心。

谢灵凌说："还好。你呢？"

接着，两个人几乎同时开口——

"我——"

"你——"

谢灵凌说："你先说。"

于晁也不扭捏，问："刚才周卢跟你提到我了？"

"嗯。"

就在一分钟前，周卢出了谢灵凌的花店之后就给于晁打去电话问候，虽然没有去探望，但一通电话还是有必要的。在电话里，周卢顺带提到了谢灵凌。

于晁这么多天没有联系谢灵凌，一来是为了养伤，觉得没有什么必要，二来也不想让她看到自己狼狈的样子。

这次换谢灵凌问于晁："你受伤了？"

"嗯，一点儿小伤。"

“什么时候的事？”

“那晚……你给我送夜宵的那晚。”

谢灵凌叹气：“所以我不该给你送夜宵的。”

于晁笑：“这和你送夜宵有什么关系？该来的任务总是会来的。”

“你还好吗？”

“……不太好。”

谢灵凌担心：“哪里不太好？你现在在哪儿？”

“在家。”

“我去找你。”说话间，谢灵凌已经起身准备关店门，她还没有意识到他话里的矛盾。

于晁矛盾的是，他不想让她看到自己受伤的样子，却又忍不住想她，更想见到她。

* * *

于晁的家，谢灵凌不能算是熟门熟路，但认得门。她从店里包了一束向日葵，又去水果店买了一些水果，以最快的速度赶到于晁的住处。

到了于晁家楼下之后，谢灵凌才意识到自己对于他的关心好像超过了彼此之间这种暧昧不清的关系。

可是怎么办呢？她现在就是很担心他，就是想见到他，就是想知道他的伤势如何。

谢灵凌上楼的脚步顿了顿，最后她抛开自己脑子里那些纠结的想法，快步上楼。

到六楼楼梯口的时候，谢灵凌就看到于晁家的门微微敞开着，像特地迎接她的到来。她没有犹豫，推开门，一眼就看到了站在客厅里的于晁。

数日不见，两人面面相觑。

谢灵凌下意识搜寻于晁身上的伤，于晁则朝她走来，说：“有新的女士拖鞋。”他几步走到她的面前，也终于让她看清楚他的双手上包裹着白纱布。

谢灵凌一时间忘了换鞋，而是看着于晁的双手：“手上受伤了？”

于晁点点头，摊了摊自己被包扎着的双手，一脸轻松地对谢灵凌说：“是不是比我上次给你包扎的要好看一些？”

谢灵凌笑不出来，她看着他这副样子，心里莫名有些酸疼。上次她那点儿擦伤都已经快要疼死了，而她记得他说过烫伤是最疼的。

“很疼吧？”谢灵凌问。

于晁轻轻嗯了一声，说：“疼，很疼。”

她望着他的手，他则紧紧盯着她的脸。一晃居然有十天没见了，以前十一年不见也不觉得多么难熬，可这些日子里他每天都在想她，在想，她会不会也想他；在想，她会不会也担心他；在想，她有没有一点儿喜欢他。

于晁也想，他不能太贪心了。

眼前的于晁身着白衣黑裤，看着倒是清爽，但是好像已经有好几天没有刮胡子了。蓄起胡子的他多了一些野性，看着也很落魄，像电影大片里的型男。

可他这双裹着厚厚纱布的手现在做什么都不方便。谢灵凌无法想象，这段时间他一个人是怎么生活的。

于晁好似看出她的疑惑，对她说：“这段时间一直在麻烦队里的兄弟照顾。不过，我手上这纱布再过两天就可以拆了，不需要再缠，到时候生活自理就没有问题了。”

谢灵凌有一会儿没有开口说话。她把手上的东西放下，默默地换了鞋，关了门，转而过去抱住于晁。

于晁没有想到她会抱他，他怔怔地站在原地，受伤的双手无处安放。

谢灵凌叹气，脸埋在他的怀里问：“你怎么没告诉我？”

“我——”

谢灵凌抬起头，一脸控诉：“不是朋友？”

于晁笑：“是。”

谢灵凌：“不是老同学？”

于晁投降：“是。”

谢灵凌不依不饶：“还是，你就只是把我当成床伴？”

于晁无话可说了。横竖话都让谢灵凌说了，说要当床伴的明明是她。她真霸道。可他好喜欢。

谢灵凌霸道地拉着于晁坐在沙发上，她小心翼翼地抓住他的手腕。

从小她就很怕血，看到别人受伤时，她的心里会莫名地一紧。有一次体育课班级里有人受伤，鲜血直流，她看了之后就白了脸，那时候她才知道原来自己晕血。

不知道纱布底下的皮肤变成了什么样，她也无法想象。

谢灵凌语气不自觉变得十分轻柔：“怎么受的伤？”

“是我自己不小心，转移煤气罐的时候烫伤的。”

谢灵凌又问：“还有哪里受伤吗？”

于晁像个乖乖的大男孩，摇摇头，有问必答：“没了。”

该说的已经说完，一时间也没什么话，谢灵凌抬头，意外撞进于晁的双眸。他一直望着她，眼睛里像蕴藏着无数深情。被这样一双眼眸望着，很难不做什么联想，况且，他对她的情感一直毫无保留，是她视而不见。

“干吗……干吗这么看着我？”谢灵凌莫名有些心虚。

于晁还是眼睛一眨不眨地看着她，说：“没想到你会来看我。”

“为什么没想到？我看起来像那么不近人情吗？”

于晁笑，像个傻小子：“不是。”

“如果不是周卢告诉我，你是不是根本就不打算告诉我？”

“……不是。”

“那是什么？”

于晁难得有些腼腆，说：“等伤好了，我再去找你。”

“找我干吗？”谢灵凌抬眼瞪着于晁，像极了“胡搅蛮缠”的女朋友。

于晁忍不住笑了，像个没心没肺的大男孩。他深深望着谢灵凌，看着她的眉眼、双唇，身体下意识靠近她一些，问她：“你……有没有一点点喜欢我？”

于晁身上的气息太具侵略性。谢灵凌招架不住他这副样子，准备起身，不料他用受伤的手抓她。这一下，他疼得倒抽一口气，谢灵凌也吓了一跳。

她的语气不由得重了一些：“你干吗呢？”

于晁眼巴巴地看着她：“你别走。”

“我又没说我要走。”

他一脸无辜："好疼。"

"疼死你算了。"谢灵凌嘴上说着狠话，于晁却笑得开心。他能明显感觉到她在担心，也明显感觉到彼此的距离似乎在拉近。

忽然，他一本正经地问她："我可以吻你吗？"

谢灵凌捂住自己的嘴，大眼瞪着于晁："不行！"

"为什么？"

"你……你都这样了。"

"我只是手受伤。"

谢灵凌一脸无奈，转而飞速地在于晁的唇上啄了一口，问他："可以了吗？"

"不够。"

谢灵凌又瞪于晁。这个男人该严谨的时候一本正经，现在倒很会利用自身的伤势来卖一波可怜。

于晁俯下身，一点点将她禁锢在沙发角落。

谢灵凌的周身被于晁的气息彻底裹挟，她缩在沙发角落，看起来像被野兽逼到角落的小麋鹿。

于晁的吻轻轻落在她的唇上，他蓄了数日的胡楂有些扎人，扎得她浑身一哆嗦，不疼，却起了鸡皮疙瘩。

浅尝辄止的吻对于晁来说怎么够，他只想深吻。他的双手手掌虽然受伤，但手臂孔武有力，轻而易举就将谢灵凌从沙发角落捞起，让她坐在了自己的腿上。

下一秒，于晁再次吻上她的唇，亲昵地喊她："圈圈。"

谢灵凌受不了他这么叫她。

于晁脸上的胡楂有点儿刺刺的，挠得谢灵凌心里也痒痒的。她觉得自己完全是在自找苦吃，明明受伤的人是他，为什么她更像那个需要被照顾的人？

于晁蹭着她的额头，含着她的唇："告诉我，你现在有没有一点点喜欢我？"

让她怎么回答这个问题？她脑子里乱得很："别亲了。"

"我要。"于晁的吻却不紧不慢，他撬开她的唇齿，与她久久地纠缠在一起。

不能心急的，他告诉自己。十一年的时间他都能等，不急于这一时。

* * *

几天之后，谢灵凌陪着于晁一起到医院去拆纱布。

去县医院的那天天气不错，小县城的天空蓝蓝的，像极了动画电影里一大片一大片美好的空镜。工作日的时候县城的街道上人流量并不多，街道两旁种满了梧桐树，墨黑色的柏油路宽敞整洁。

这里的步调很慢很慢，梧桐树下有老人在下象棋、喝茶，路边的小摊玉米香味正浓，小女孩穿着碎花裙摇摇摆摆地在学走路。

谢灵凌难得早早起床，特地提前来到于晁的住处。意外的是，她刚到他家楼下，他也正好下楼。

清晨的阳光照耀在于晁的身上，他身上镀了光，嘴角漾着笑，眼睛一眨不眨地望着谢灵凌。

谢灵凌难得有些别扭，她今天穿了一条碎花长裙，外搭一件薄薄的针织衫，一截纤细的脚踝裸露在外，脚上是一双平底单鞋。出门时她其实是刻意打扮过一番的，觉得这条裙子很适合这个季节，也会让于晁喜欢。

于晁笑着对谢灵凌说：“你提前了十五分钟。”他们约好早上八点见。

谢灵凌扬扬眉：“我不喜欢迟到。”

“巧了，我也是。”

谢灵凌看了眼于晁还缠着纱布的双手，道：“走吧。”

县医院离于晁的住处并不远，步行不过十分钟就能到达。他们似乎是第一次这么一大早出门，第一次感受朝阳热烘烘地照耀在身上。

于晁下意识走在谢灵凌左侧的位置，替她挡住了那些从身旁经过的车辆。

周一县医院比想象中要拥挤一些。他们排队挂了号，然后一起去治疗室拆纱布。

接下来，谢灵凌亲眼看着于晁手上的纱布被拆开，露出尚未完全结痂的伤疤。

谢灵凌不知道自己在当下该怎么去形容看到伤口的那种感受，新生的皮肤是粉色的，肉与皮似乎有点儿模糊。她不太敢多看，侧过头去。

医生让于晁戴上了防止烫伤之后疤痕增生的弹力手套，谢灵凌这才敢再看于晁的双手。

从治疗室出来后，他们又去窗口排队取药。谢灵凌站在于晁的身旁，伸手用食指指腹轻轻地在他戴着弹力手套的手背上碰了一下。

于晁忽然倒抽一口气：“咝——”

谢灵凌吓得立马缩回手，着急地道歉：“对不起对不起！”

她一抬头，撞见于晁那含着笑意的双眸，他分明就是在故意捉弄她。

“到底疼不疼啊？”谢灵凌问。

于晁摇摇头：“不疼了。”

谢灵凌气呼呼地伸手掐了一把于晁的手臂：“现在疼不疼？”

于晁龇牙咧嘴的：“疼疼疼！”

谢灵凌又真以为自己下手重了，心下歉疚。

两个人小孩子似的嬉戏着，忽然听到窗口里的工作人员喊：“于晁在吗？”

于晁正准备开口，谢灵凌已经探出脑袋回答：“在！”她反应敏捷，上前一步在窗口取了药，再一一核对，见数量没有问题，于是提着药转过身。

于晁就站在谢灵凌身后一步远的距离，第一次看着她为了他忙前忙后的背影，心里一股酥酥麻麻的暖流涌上来。

谢灵凌走过来，下意识想去挽住于晁的手臂，就听有人喊他们的名字：“于晁？谢灵凌？”不远处，周卢一脸意外地看着他们。

周卢今天陪老婆过来产检，一大早的跑前跑后地排队，没想到会在这里遇到老同学。

正巧周卢对于自己没去探望于晁一事感到抱歉，这下碰到了顺便就想寒暄几句。周卢见于晁和谢灵凌站在一起时也并没有想太多，随口问：“你们一块儿啊？”

还不等于晁回答，谢灵凌就说：“不是的，是碰巧遇上的。”

于晁闻言侧头看了眼谢灵凌，他原本高高扬起的唇角缓缓拉平，却没有反驳她的话。

周卢说："真巧，我老婆今天也来做产检。"

谢灵凌说："你老婆怀孕啦？"

"是啊。"

周卢的老婆也是他们的同学，当年都是同一届的，只是不同班而已。他的老婆名叫叶丹，性格开朗，算是自来熟。

叶丹远远看到谢灵凌，挺着个大肚子也要过来寒暄："我记得你！谢灵凌是吧？咱们县一中以前的校花！哇，你怎么越来越漂亮了！呜呜，真是人比人气死人啊！"

谢灵凌扑哧一笑："哪儿有。"

叶丹说："怎么没有啊？你看看我，咱们同龄，可我现在就是个黄脸婆。"

谢灵凌看着叶丹隆起的腹部，说："你要当妈妈啦，是这个世界上最伟大的人！"

"伟大不伟大不知道，遭罪是真的。"

女生之间总能找到话题聊。

这边周卢也问了问于晁的情况，然后说："你们消防队这工作确实是太危险了，要不然你考个公务员吧，咱们县城这里虽然不比大城市，但公务员的福利待遇还是没话说的。"

于晁意兴阑珊的："没想那么多。"

周卢点点头，知道点到即止。

两个人一时间没话说了，周卢一转头见自己的老婆和谢灵凌倒是聊得眉开眼笑的。他忽然对于晁说："刚才我远远看着，感觉你跟谢灵凌郎才女貌。我说，你到现在都还单着呢吧？"

于晁清了清嗓子，但没说话。

周卢怂恿道："追啊，男未婚女未嫁，也都这个岁数了，我看挺合适的。你要不好意思，我多给你们撮合撮合，反正我经常到谢灵凌那儿去买花。”

于晁朝周卢努了努下巴，赶他道：“快陪你老婆产检去吧。”

从医院出来之后，于晁和谢灵凌之间的气氛显然不像之前来时那般。于晁抿着唇不说话，依旧走在谢灵凌的左侧替她挡住了那些来来往往的车流。

谢灵凌能感觉到，在医院碰到周卢时她刻意撇开关系的话语让于晁感到不满。可是他们之间本来就有共识，不是吗？

走到半路的时候，谢灵凌实在受不了这种氛围，停下了脚步。于晁也跟着停下步伐，侧头看着她。

谢灵凌主动询问：“喂，你闹什么别扭啊？”

于晁坦诚道：“你就这么不想跟我搭上关系？”他如一棵松立在谢灵凌的面前，看起来那么正直，那么真诚。

这么一对比，谢灵凌总觉得自己好像特别心虚。可她心虚什么呢？

谢灵凌撇开脸，望向一旁：“本来就说好的，我们又不是什么情侣，被别人误会了也麻烦。”

于晁的脸色冷了几分，他问：“那这几天你对我的关心又算什么？”

谢灵凌说：“什么都不算。”

于晁点点头：“好。”

很明显两人谈崩了。于晁此时此刻的心像被人硬生生抓住，再狠狠掏空。谢灵凌的话就是一把无形的利刃，让他心如刀绞。

谢灵凌索性转过身，不再看于晁：“既然你都拆纱布了，没事的话，我就去花店了。”

于晁轻轻嗯了一声：“我送你。”

“不用。”谢灵凌伸手在街边拦车，“我自己坐出租车。”

出租车很快停下，谢灵凌头也不回地坐上车离开。她心里莫名有一股气，冷静下来又觉得很可笑，也不知道事情怎么就发展到了这个地步。他们不是情侣，可现在闹别扭的样子倒是很像情侣之间会做的事情。

出租车起步十来分钟，很快就到了谢灵凌的花店门口。她付了钱下车，直接进了花店，这么早来花店其实也没什么事情要做，鲜花物流并没有到，一般人也不会这么早来买花。

谢灵凌把包放在桌子上，背对着店门口，双手撑在桌子上发了一会儿呆。

她原本以为和于晁之间的关系会让她觉得轻松自在，可现在显然并没有。想着，她叹了一口气，只觉得一切都乱套了。

也不知道过了多久，丁零，挂在门上的铃铛响了一下，有人推门。

谢灵凌以为是有客人来买花，下意识转过身，就见于晁高大的身影堵在门口。他似乎是跑过来的，喘着气，胸膛起伏着，身上热烘烘的样子，脑门上一层汗。

还不等谢灵凌说什么，于晁便主动说：“对不起。”

在这个当下，谢灵凌是有些意外的，下意识问：“干吗说对不起啊？”

“我给你造成困扰了。”于晁逆着光踏进花店，来到谢灵凌的面前。

谢灵凌终于看清了他的轮廓，见到的却是他一脸的患得患失。她的心一下子就软了。

这个男人有一张刚毅的脸，也有一颗柔软的心。他是如何对待她的，她心里再清楚不过。谢灵凌很清楚，自己能够在他面前骄纵，不过是仗着他对她的喜欢。

于晁停下脚步，问她："不要生气，好不好？是我逾越了。"

谢灵凌低着头，闷闷地说："你也知道？"

"知道错了知道错了。"于晁像摇着大尾巴的狼狗，在谢灵凌面前乖得不像话。

谢灵凌又能怎么办呢？她实在拿这个男人没有办法："行了，别装无辜。"

"不生气了吗？"

"本来就没有生气。"

他试探地问："真的？那你亲我一下。"

谢灵凌被他这不要脸的试探弄得无言以对，抬眼瞪他："你滚。"

"不滚，好不容易追过来的。"于晁还在微微喘息，连带着他清新的气息喷洒在她的面前。像是学生时代，他总是爱打篮球，踩着上课铃声进教室，整个人喘息着，是少年和阳光的气息。

谢灵凌问他："你跑过来的？"

于晁扬着眉点头："嗯，速度还可以吗？"

谢灵凌心底的阴霾彻底烟消云散。她只觉得眼前这个男人真是傻得可以。

第八章
交往

他的工作是那么危险，随时随地都在与死神赛跑。

经过那天的争执之后，他们之间的关系似乎变得更加微妙，不是恋人，却比恋人之间的相处更舒服。

于晁让谢灵凌最满意的一点是他很懂得把握分寸。就像那天，两人之间有了一点儿小小的矛盾，于晁会主动和谢灵凌把话说清楚，不会让误会和别扭留到第二天。

这样的相处模式让谢灵凌感到轻松，她也乐意和于晁继续下去。

体谅于晁双手依旧不太方便，谢灵凌这段时间自告奋勇来“照顾”他。说是照顾，其实也就是窝在他的住处和他待在一块儿。于晁虽然双手不便，但自己能亲力亲为的事情绝对不会让谢灵凌插手。

也是奇怪，两个人待在一起，也不用说什么话，自顾自干自己的事情，他看书，她玩手机或者看电视，一天时间也过得特别快。

谢灵凌发现，她和于晁待在一起时感觉很舒服，不用刻意伪装什么，她就是她。

这两天谢灵凌心血来潮，开始尝试着给于晁做饭，毕竟之前他也给她做过好几次饭，算是礼尚往来。

对此于晁犹豫再三，决定给谢灵凌一次“表现”的机会。但哪儿能真舍得让她一个人待在厨房里忙活，他一直守在旁边。

于晁从未想过让谢灵凌下厨，一来是一直觉得没有这个必要，二来也没想过让她进厨房。

和谢灵凌在一起时，于晁想得最多的是让她舒服自在。她什么都不用做，只是发呆，他也觉得很好。

买菜是两个人一起去的，就在楼下小区的菜摊。菜摊的阿姨显然和于晁很熟，几次打趣于晁：“女朋友啊？真漂亮。”

于晁没有否认也没有承认，只是唇角带着很微妙的笑容。他必须承认，自己的确有些贪心，贪心地想让人误会他们之间的关系。

在这件事上谢灵凌也懒得解释什么，毕竟越说越乱。但不能否认的是，她现在并不排斥和于晁这样相处，甚至有几分贪恋。

买完菜上楼，谢灵凌撸起袖子开始洗菜切菜。

难得于晁懒洋洋地靠在一旁看着她，他的眼里全是她。在这一刻，日子仿佛充满细水长流的幸福感。

谢灵凌倒也不是不会做饭，只不过实在不喜欢油烟味。洗菜切菜什么的，她倒是干得特别起劲，但她鲜少进厨房，动作始终有些笨拙、生疏。

于晁在一旁笑着指导谢灵凌：“切丝的时候将手指并拢，再曲起。”他说着在谢灵凌面前示范了一遍，戴着弹力手套的手指并不是特别灵活。

谢灵凌依样画葫芦，好奇地说：“你为什么厨艺这么好啊？”

于晁说：“或许是受我爸的影响，耳濡目染吧。”

谢灵凌没见过于晁的爸爸，但想象中他应该是一个很温柔的人。都说原生家庭是会影响一个人一生的，于晁粗犷的外表下有一颗细腻温柔的心，想必是他父母的功劳。

于晁斜靠在墙上，缓缓地对谢灵凌说："以前我妈不太会做饭，只要我爸在家，家里的饭菜就一般都是他承包。我爸在的时候就经常拉着我一起进厨房，一来二去，我也会了一些。"

谢灵凌感慨："你爸爸真是个好男人。"

"是啊，他真的很好。"父亲对于晁教育最多的是怎么待身边的人好。父亲也教育他如何做一个正直的人，学会承担责任。

后来于晁进了部队，受到的锻炼常人无法想象，他在炊事班干过三个月，那段时间厨艺可以说是突飞猛进。

其实在部队里生活的那两年也让于晁学会了如何做一个真正的男子汉。作为一个男人，要先有大家，再有小家。

大家，是将家国情怀牢记在心。他作为一名消防员，每每都要与时间赛跑，用自己的身躯挡在危难前，这是他的责任与担当。

而在小家里，于晁觉得进厨房的事情就是男人该做的。女人的皮肤嫩，受不得油烟的摧残，也容易被菜刀划伤。

于晁的母亲现在独自生活在乡下，但只要于晁回母亲那里，他就会主动下厨，不让母亲动手做任何事情。

听于晁这么说，谢灵凌跟着道："那我给你做饭炒菜岂不是你三辈子修来的福分。"

于晁很想走过去紧紧抱住谢灵凌，他也这样做了。他将脸埋在她的脖颈，贪婪地闻着她身上的气息。

谢灵凌拿着锅铲，怔怔地感受着男人的气息将自己包裹。她莫名有一种错觉，仿佛自己是他的妻子，而他与她无比恩爱。

于晁高大的身影从背后拢着谢灵凌，带着胡楂的下颔在她耳畔蹭了蹭，低声喃着：“嗯，是三辈子修来的福分。”

谢灵凌痒得躲了躲，用手肘抵他：“你可别得寸进尺！”

于晁笑着亲了亲谢灵凌的脸颊。他的确不敢再得寸进尺了。

后来谢灵凌做了三道菜，炒焦了两道，另外一道把盐放多了。

于晁十分给面子地全部吃光，还夸赞：“以前在部队做极限训练的时候想吃一顿这样的饭菜都是奢侈。”

谢灵凌笑：“嘴巴抹蜜了啊？”

“你要亲一口吗？”

“不要，你胡子好扎人。”其实他蓄着胡子也是好看的。

到了晚上，“先说好，我可没有给男人刮过胡子。”谢灵凌手上拿着剃须刀，无从下手。

于晁双手手腕撑在洗手台上，几乎将谢灵凌圈在自己的怀里。他低着头，居高临下地望着她，眼神里全是宠溺：“我的荣幸。”

谢灵凌翻翻白眼，伸手在他手臂上轻轻掐了一把，继而开始准备为他刮胡须。

可是，她是真的没有刮过胡子，很怕会弄出血来。

磨磨蹭蹭试了好几次，谢灵凌投降：“算了，我还是去买个电动剃须刀吧。我真怕给你刮破了。”

于晁却圈着她：“别磨磨叽叽的，刮破了就破了，一点儿小伤而已。”

谢灵凌说：“我晕血！”

“真的吗？”于晁吊儿郎当地扬眉道，“我还真没见过人晕血，要不你晕一个我看看。”

“神经病！”心一横，谢灵凌就开始动手给于晁刮起胡子，先是在他的下颌挤上剃须泡沫，再拿起剃须刀一点点顺着他的棱角开始刮。

于晁这会儿打着赤膊，肩膀宽阔，手臂上青筋凸起。他的下颌线条十分流畅，伴随着谢灵凌的动作，他凸起的喉结时而滑动，特别性感。

刮起来倒是没有想象中费劲，但谢灵凌还是手心冒汗。

终于刮完后，谢灵凌深深地呼了一口气：“任务完成！”

于晁低头在谢灵凌的唇上亲了一口，夸赞道：“真棒！”

谢灵凌又不是三岁的小孩子，她伸手推他：“行了，胡子也刮了，我要走了。”

于晁仿佛根本没有听到谢灵凌的话，用手臂圈住她的腰，一把将她提起来让她坐在洗手台上。视线平齐，他的吻落下来，先是她的额头，再是她的眉眼。

谢灵凌想要躲闪，可她侧过头，他便顺势把吻落在她的耳朵上。

“我真要走了！”她双手撑在他的胸前，瞪着他。

于晁亲亲她的脸，耷拉着眉眼：“留下来好不好？”刚刮完胡子，他摇身一变，又成了一个阳光大男孩，流畅的下颌线条像鬼斧神工。

还不等谢灵凌说什么，于晁的吻直接堵住了她的双唇：“还扎人吗？”如果不是她说他的胡子扎人，他也没想刮。

谢灵凌被他吻得腿软，无可奈何地伸手掐他的肩膀。

于晁的吻根本没有休止的意思，他手上的纱布早已经拆了，现在十指可以灵活地运动，只不过，结痂的伤口还是容易撕裂。

他拍拍谢灵凌的双腿，示意她的腿圈着他的腰。而谢灵凌也这么做了，完全是下意识的举动。

于晁顺势用手臂圈住谢灵凌的腰，单手将她抱起来。这个姿势看起来，谢灵凌像一只树袋熊似的挂在于晁的身上。

“去房间？”于晁低声询问。

谢灵凌哪里还有什么选择的余地，索性狠狠地在他的肩膀上咬了一口。

这段时间以来彼此接吻、拥抱，没有其他举动。今天的于晁像被放出栅栏的兽，彻底放飞自我。

老小区隔音效果到底还是太差，谢灵凌生怕自己大声一点儿就会被人听到，可偏偏某个人还故意使坏。

手上那点儿伤丝毫不会妨碍于晁的发挥，相反，彼此之间似乎更近一步，也越发契合。

朝夕相处的这段时间，他们的关系似乎早已经超过当初的约定。这让于晁觉得很开心。所有的一切都会朝着更好的方向去的，不是吗？

但他不敢贪心地去要求她什么。

这段时间，谢灵凌仿佛也从一个全新的角度认识了于晁，了解他的为人，了解他的处事。熟悉之后，他们非但不会排斥对方，反而像找到更多的契合点。

没事的时候，谢灵凌会从花店特地来到他的住处，给他打包一些吃的。

于晁双手不方便，会不要脸地开口求她投喂。谢灵凌拿他没办法，谁让是她带的食物呢，气鼓鼓的也要喂完。

虽然双手受伤，可于晁在家的时候并没有闲着，该做的运动只要不涉及双手，他都要一个个锻炼。不仅如此，他也会到消防队报到，几乎每天都去。

接下来半个月的时间，于晁双手的伤好得差不多了，却也留下了一道道深深的疤痕。他本人丝毫不在意那点儿伤，甚至调侃这是独一无二的文身。

可每每看到于晁手上的伤疤，谢灵凌心里都会一紧，很心疼，也说不出地难受。也是在这个时候，她意识到，他的工作是那么危险，随时随地都在与死神赛跑。

* * *

之后的一段时间，谢灵凌和于晁之间的联系不知不觉多了起来，不是通过打电话的方式，而是微信聊天。

于晁的工作性质特殊，有时候白天睡觉，晚上工作，有时候则一天二十四个小时都要忙。但他几乎每天都会给她发一条消息。

有一次大清早才五点，他的微信消息突然袭击："早啊！"

神经敏感的谢灵凌被惊醒，她看了眼手机，扔到床上，辗转了一会儿，实在忍不住，回道："神经病！谁这么早发早安啊！你这是成心不让我睡觉，是吧！"

于晁一脸无辜："你好凶。"

谢灵凌："凶你不应该吗？是你把我吵醒的！"

于晁主动道歉："抱歉，我今天有任务，大概一整天都不会再碰手机了，就是想跟你说一声早。"他还说，"免得你想我的时候找不到我。"

谢灵凌发了一个白眼的表情包："谁要想你？"

于晁："好吧，你不想我。"

捧着手机的谢灵凌看到于晁发来一个可怜兮兮的表情包，忍不住扬起唇角。

从那以后，于晁怕自己突然发去的消息打扰到正在睡觉的谢灵凌，就把早安改为每天睡前的晚安。有时候他们也会在晚上的时候展开聊聊。

因为弟弟谢英勋的婚期定在今年的国庆假期，所以这段时间谢灵凌免不了被家里催婚。

那天谢父来谢灵凌的店里一通大闹，可那之后一家人都当作什么事情都没有发生过，所有人都心照不宣，不再提那天的事情。一家人似乎总是这样，很多事情没有什么对错，也不必非要讲清楚缘由，浑浑噩噩地过着。

前些日子过端午，谢灵凌这个做女儿的也买了一些东西回家。父母的住处在县城边上一个低矮的楼房，有一个小小的院落。

老一辈的人一辈子奋斗都是为了房子，可在谢父那个年代，自己盖一套房子可比现在买一套房子要轻松许多。

这次谢灵凌回家的时候，谢父正准备修葺屋顶的瓦片。

谢温韦不喝酒不发酒疯的时候倒还是个"正常人"，不过，他见了谢灵凌依旧是一言不发，当作没看到似的。

谢灵凌也懒得装什么乖女儿，她把买来的东西交给妈妈，在家里坐了一会儿，就借口要走。

陈合美拉住谢灵凌，对她道："你表姨在给人说亲，前些天刚好聊到你，想问问你有没有意愿相亲。"

谢灵凌很排斥："我不相亲。"

陈合美啧了一声："你看，你弟弟国庆的时候也要结婚了，他是男孩子还好，可你毕竟是女孩子啊。"

谢灵凌问："女孩子怎么了？"

"你都二十九岁了，年岁越大可以让你挑选的余地就越小了。"

"如果都像你一样找个我爸这样的，那我宁愿不结婚。"

陈合美白了谢灵凌一眼："说什么傻话呢？你爸爸这些年脾气改了很多，我前几天身体不舒服，他还帮忙洗衣服、做饭了。"

谢灵凌翻白眼："这难道不是他应该做的吗？"

"你别这么说，老一辈人的思想肯定和你们年轻人不一样。"

谢灵凌懒得多说。

陈合美再三提醒："真的不要相亲吗？去见见也好呀，就当是认识一个朋友。"

"不要，我没打算结婚。"

"人怎么能不结婚呢？不结婚，以后老了怎么办？别说傻话。"

一提到这个话题，两人总容易不欢而散。

回到家的当晚，谢灵凌心血来潮地发微信问于晁："喂，你妈都不催你结婚吗？"

于晁："催啊，那你要跟我结婚吗？"

谢灵凌发了一个嫌弃的表情包："油腻死了。"

于晁："我是认真的。"

谢灵凌："还能不能好好玩了？"

于晁："你呢？家里催吗？"

谢灵凌："他们催他们的，不会影响我的抉择。"

于晁："嗯，跳过这个话题。"

谢灵凌："哦。"

于晁："你'大姨妈'走了吗？"

谢灵凌："你不会想这个时候——"

于晁打断道："谢小姐，我只是单纯想给你送红糖。"

谢灵凌："谢谢哦，不需要。并且跟你科普一下，站在科学的角度，红糖根本没用。"

于晁："还请指教，什么最有用？"

谢灵凌："止痛药、热水、睡觉。"

于晁："好，记住了。"

他说记住了还真不是说说而已。过了一个月真赶上谢灵凌痛经，没想到他家里倒真的备了好几种止痛药，都是谢灵凌上次说过的牌子。

于晁让谢灵凌喝了一杯热水，然后就抱着她躺着。她的后背贴在他的胸膛上，他温暖的手掌则贴在她的小腹上，像一个暖水袋。

这是谢灵凌第一次有一种幸福的滋味，甚至觉得能够一直这样也挺好的。

有人说过，和一个人保持长久的聊天关系，即便不是情侣，也会产生感情。并且，他们隔三岔五晚上也会约一下，颇有点儿日久生情的错觉。

谢灵凌不由得开始审视自己的内心。在经历了好几段不健康的感情之后，和于晁这样的相处方式却让她有了一种前所未有的期待。

前几天谢灵凌和好友周宛聊天，正好聊起自己这段全新的关系。

周宛似乎比谢灵凌更加激动，在视频那头尖叫："真的假的？他暗恋你十一年？"

谢灵凌当时趴在床上，淡淡地嗯了一声。

周宛说："哇，这是现实版的林斯逸吧！"

谢灵凌一头雾水："什么意思？"

周宛开始向谢灵凌推荐："就是我前几天看过一本小说，叫《有没有一种可能》，里面的男主角名叫林斯逸，暗恋女主角整整十年！讲真的，这种深情、专一的男主角真的太戳我了！我做梦都想有个林斯逸。呜呜呜。"

谢灵凌无语："小说而已，你别太上头。"

"不过，我是真没想到，现实当中真的有个男人会暗恋对方十一年。"周宛显然很激动，"谢灵凌，你怎么好意思辜负人家呢！"

谢灵凌很无辜："我怎么就辜负人家了？"

周宛说："你不能睡了人家就不想负责吧？"

谢灵凌哑口无言。

周宛忽然小心翼翼地问："还是说……你还没有放下陈明煦？"

谢灵凌无奈地一笑："怎么可能？"

"那不就是了！让我说，这天底下就没有比陈明煦更渣的男人了！可你不能因为陈明煦而封闭自己的内心，这样对你自己很不公平。"

谢灵凌和于晁之间这种不清不楚的关系不知不觉过了六个多月。小县城也从湿冷的冬天来到了闷热的夏天。

7月初的江南早晚温差大，蝉声声，雨绵绵。保存完好的古城池塘开出了荷花苞，茉莉的淡雅清香随着暖风飘荡在小县城。

昼夜拉长，晚风轻拂燥热，放暑假的孩童们叽叽喳喳的声响回荡在街头巷尾。

谢灵凌越来越适应这里的慢节奏，也爱上了这里的慢节奏。

有一天饭后，谢灵凌吃得太撑，跟于晁提议出去散散步。她这几个月三天两头地来于晁家里蹭饭，体重似乎长了好几斤，脸上看着虽然没有什么变化，但于晁说她身上摸着比之前更有手感。

谢灵凌决定要减肥，她不能过于放纵自己。

于晁家不远处是一个小公园，夏日夜里遛弯的人多，也有不少老头老太在这里跳广场舞。

两个人在公园里走了没一会儿，忽然一个踩着轮滑鞋的小孩子直冲冲地朝他们撞过来。站在谢灵凌身旁的于晁眼明手快，一把抓住谢灵凌手腕的同时，又拎住了那个小孩子的衣领，好在没有撞到人。

小孩子倒也有礼貌，满脸歉意地对于晁说："对不起，差点儿撞到你女朋友。"

于晁轻轻拍了拍小孩子的脑袋："记得戴头盔，注意安全。"

也是从这个时候起，于晁抓着谢灵凌的手就不再松开。

谢灵凌的力气当然是抵不过于晁的，她眯着眼警告他："快放开！"

谁料于晁耍赖皮："不能放手，公园危险。"

公园有什么危险的？谢灵凌气笑："喂，你当我是三岁孩子呢？"

于晁扬眉："嗯，在床上哭的时候挺像个孩子的。"

气得谢灵凌握着拳头就捶于晁的胸。她发现于晁这个家伙在她面前是真的越来越大胆，不管是在床上还是床下。更可恶的是，在床上的时候她越发拿他没有办法，在床下也要被他嗤笑。

于晁笑嘻嘻地让她打让她骂，反而趁机将自己的手从她的腕上往下滑，与她十指紧扣。这是他们两个人除了在床上十指紧扣，第一次在外面这样，更多了一分紧张和不安。

谢灵凌的心忽然扑腾扑腾跳得很快，于晁当然也没有好到哪里去。

“让我牵一会儿。”于晁居然有点儿脸红，“第一次牵女孩子的手。”

谢灵凌说：“你滚。”

于晁说：“真的，第一次牵女孩子的手散步。”

谢灵凌心软，便由着他了。

就这么走着走着，两个人手掌心发烫，彼此之间的温度在升高。

在谢灵凌之前，于晁从未谈过恋爱，他摸索着和她相处，遵从自己的本心。虽然一开始他们的这段关系就不正常，但他始终坚信他们会走到正常的轨道上。

于晁不放手，谢灵凌也不挣扎，他们在公园的鹅卵石小路上绕了一圈又一圈。

恋爱是什么呢？于晁心想，大概就是可以给自己喜欢的人做饭烧菜，牵着她的手一起散步。想着，他抿着唇笑了笑。

谢灵凌眼尖，看到他笑，便问：“你傻乐什么？”

于晁由衷地说：“我在想啊，老天对我还挺不错的。”

“嗯？”

于晁握着谢灵凌的手，拢了拢，说：“就……能让我和自己喜欢了那么多年的女孩子在一起，梦想成真了。”

谢灵凌闻言停下脚步，抬起头，望着于晁：“你……真的这么喜欢我吗？”

“嗯。”于晁点点头，强调，“特别特别喜欢，越来越喜欢。”

谢灵凌考虑了好一会儿，忽然说：“那……我们就试着交往呗。”

于晁顿了一下，攥着谢灵凌的手心紧了紧，笑着说：“这不是一直在交往着吗？”

他从来没有抱着玩一玩的心态和她在一起。无论她一开始的心态如何，可是他一直坚信彼此的未来。

然而这一刻真的来了，于晁却觉得自己当下宛若踩在棉花糖上，有些不太真切。他仍然笑意盈盈地看着她，一直看一直看。

谢灵凌被他看得浑身不自在，企图抽回手。

于晁索性将她一把揽入怀中，紧紧抱着，感受着她的存在。

“圈圈……”他低声呢喃。

谢灵凌耳膜敏感，在他低哑的声音下，浑身起了一层鸡皮疙瘩。

于晁不求谢灵凌喜欢他有他喜欢她那么多，但只要她和他在一起，对他来说就足够了。

只不过，从这一天开始，在谢灵凌的心目中，她和于晁的关系才走入正常的轨道。至于未来会如何，她不想想，也懒得想。

第九章
女朋友

她的男朋友应该也会像电视里的英雄一样，用自己的身躯守护着这个小小的县城吧。

两个人在一起之后倒是没有急着同居，依旧维持着现状，顶多也就是在公共场合时他们的亲密变得更加自然。每次出门，于晁都会有一些小细节让谢灵凌十分动容，比如一起走在马路上时，他会下意识让她走在里面那一侧，一起过路口时，他会紧紧牵着她的手。

但凡于晁不上班，他都会送谢灵凌去花店。与此同时，他也更热衷于每一天都做饭给她吃。

有来有往，谢灵凌现在偶尔也会尝试下厨。在感情上，她这个人也热衷于反馈。于晁对她的好，她都知道，所以也会对他好。比如于晁上了一天的班筋疲力尽时，谢灵凌也不可能坐在家里等他来做饭，她会自己主动去买点儿菜，简单地蒸一条鱼、炒一个菜。

于晁这个人在吃的方面从来不挑，似乎只要是能吃的，他就能吃。通常情况下，不管谢灵凌做的东西有多难吃，在他嘴里都成了美味佳肴，而谢灵凌吃不下的东西也都进了他的胃。

这天，于晁灰头土脸地回家时，谢灵凌正在厨房里忙活着。夜里万家灯火，这小小的家里也有特地为于晁留的那盏灯。

于晁舍不得打扰这一刻的岁月静好，他就站在厨房门口贪婪地看着谢灵凌，嘴角不自觉地扬起。

这样的日子经常让于晁觉得很幸福很幸福，他甚至贪婪地想要和她结婚……

正在挥舞着锅铲的谢灵凌余光看到于晁时吓了一跳，与此同时，油锅里的油溅起，一滴滚烫的油飞溅到谢灵凌的手背上。

谢灵凌疼得惊叫一声，手上的锅铲差点儿被扔出去。

厨房外的于晁见状立马上前，先关了火，再拉着谢灵凌的手仔细查看，语气里全是着急："烫到了？"

谢灵凌皱着眉："好疼啊——"

于晁立即抓着她被烫伤的手放到洗碗槽，打开水龙头，让冰凉的水流冲刷她被烫的地方。

经过这么一遭，谢灵凌算是知道了被烫伤的滋味。她被于晁拢在怀里，感受着水流经过自己的手背，还感受着于晁的担心："都是我不好，你这手上恐怕要起水泡了。"

于晁家里最多的就是烫伤药，他拉着谢灵凌坐在沙发上，抱着她仔仔细细地涂着药，一边涂抹，一边轻轻地吹："冰冰凉凉的，就不会感觉那么痛了，对不对？"

谢灵凌抬头看他，看到的是他满眼的心疼。这个男人对她的喜爱一直让她觉得自己整个人都被温暖裹挟着。于是她靠近一点儿，在他的脸颊上亲了一口。

于晁宠溺地看着她，问："干吗亲我？"

谢灵凌问："不让亲吗？"

于晁顺势在她的唇上亲了一口："怎么不多亲几口？"

谢灵凌坐在于晁的腿上，双手轻轻扯住他的衣领，拽着他吻。

"小心手——"他抓住她的手腕，生怕她手背烫伤的地方被二次蹭破。

谢灵凌不管不顾的，说：“你不是想让我多亲你吗？”

于晁圈着谢灵凌感慨道：“你真好。”

哪里好了？谢灵凌常常觉得心虚。在于晁的眼里，好像她做什么都是好的。她把菜炒焦，他也说好，津津有味地吃着；她约会迟到了，他也说好，说是自己考虑不周；她无厘头发脾气，他也说好，被她一阵数落，还嬉皮笑脸……

于晁这个人怎么能这样呢？他真的太纵容她了，她会被宠坏的。

没多久，谢灵凌被油点儿溅到的手背上就起了一大块水泡，是真的很疼，一阵阵的疼痛时时刻刻提醒着她这是被烫伤的。

她的皮肤是真的很嫩，平日里于晁手掌稍微在她腰上一掐就泛红，哪里能承受住被油烫伤？

谢灵凌却一副不太在意的样子，反问于晁：“你之前手上被烫伤的时候是不是更疼啊？”

烫伤的疼痛并非一时半会儿，它会持续很久很久，受伤的地方仿佛一次又一次经历炼狱。

于晁的手掌心如今依旧留着烫伤的疤痕，谢灵凌每每抓着他的手感受疤痕的纹理时都不免心疼。他却总是一副轻松的模样，说：“这算什么？我这是大难不死必有后福啊。”

说起那次救援时，于晁的神情很快便会落寞下来。谢灵凌知道，那次救援行动中，有个不过才十八岁的年轻小伙牺牲了。

于晁说他和那个孩子照过面，只看过对方一眼。他记得那个孩子满脸阳光的笑容，可才不过一个小时，那个孩子就没了。

那是谢灵凌第一次看到那么刚毅的于晁眼泛泪光，他喉咙酸涩，甚至有些哽咽："才十八岁啊，他的人生才刚刚开始——"

谢灵凌听到这些事，也不过是以一个局外人的身份，事不关己，只略带一些感慨。可她不知道，这件事在于晁的心里引起了多大的感触。

在消防队的这些年，于晁经常会受伤。受伤对他而言是再小不过的事情，他不能接受的是自己消防队里的兄弟有任何一点儿生命危险。然而八年前，和他并肩的兄弟陈星晖就那么眼睁睁地消失在他的面前。

于晁至今还记得，那天爆炸时发生大火，陈星晖一把将他推开，独自一人冲进了火海。

那时候于晁才刚进入消防大队没多久，也才刚刚满二十周岁。陈星晖大了他整整一轮，总是在他面前以大哥自称。

陈星晖对于晁说："我做你哥，当然要站在你的前面！"

才二十岁的于晁刚从部队里出来，带着傲气，满不在乎："谁要你当我哥啊？"

陈星晖笑着拍拍于晁的脑袋："就凭我大你十二岁，我就可以当你哥。"

…………

几年之后的一个清明节，那时的于晁和谢灵凌已经结婚。

那天于晁特地带着谢灵凌来到陈星晖的墓碑前，笑着介绍："哥，这是我老婆谢灵凌。"墓碑上有一张陈星晖的照片，他身着火焰蓝的制服，身姿笔挺，星眉剑目。

彼时的谢灵凌并不知道于晁为什么会特地带着她来扫墓。

于晁蹲下身，在陈星晖的墓碑前放下一束菊花。他淡淡地对谢灵凌说，当年如果不是陈星晖，也就没有现在的他，是陈星晖将他推离了火海。

于晁一直知道，他这条命是捡来的。

7月末的时候，谢灵凌花了不到三千块钱买了一辆小电驴，粉红色的，造型可可爱爱，还配有一顶粉红色的头盔。谢灵凌和店家讨价还价，砍了半天，没少一分钱，不过，店家多送了她一顶男款头盔。

买车的当天傍晚，谢灵凌兴致勃勃地骑着自己的小电驴来找于晁。不知道是不是乐极生悲，她把车骑到于晁家楼下的时候却摔了一跤。

于晁当时正在楼上做饭，接到谢灵凌打来的电话时吓得魂飞魄散，他连围裙都没有摘，直接从楼上冲了下来，下楼梯时更是三步并作两步，一到楼门口，就见谢灵凌踉踉跄跄地在扶小电驴。

谢灵凌细胳膊细腿的，那辆小电驴倒在地上，她一时半会儿愣是扶不起来，当然，有一部分原因是她受了伤，伤势倒不算严重，膝盖、手肘，还有手掌心都蹭破了皮，疼却是真的疼。

于晁快速走过来，拉着谢灵凌左左右右看了一圈："还有哪里伤到了？脚能走路吗？要不要去医院看看？"

谢灵凌无辜地点点头："就是蹭破了皮，不要紧的。"

"不行，我带你去医院看看。"

"不要！你快带我上楼吧，丢脸死了！"

于晁赶忙把车扶起来，接着一把打横将谢灵凌抱了起来。他力气大，抱着一个九十斤的大活人轻轻松松一口气走到了六楼。其间，谢灵凌还担心他太累，好心地说："你放我下来，我自己慢慢走就行。”

于晁怎么可能放她下来：“这几步路就累到我了？你也太小瞧你男朋友了。”

“我是体贴你！”

“我女朋友真好！”

不过，后来那两层的时候于晁的确放缓了速度，不是累，而是忽然有点儿享受这样一路抱着谢灵凌上楼的感觉。他忍不住低头在她的额头上亲了亲，心疼地说：“小傻瓜，在平路上怎么会摔呢？”

谢灵凌说：“我也不知道啊，我明明想刹车，谁知道居然加速了。”她埋在他的怀里，听着他平稳的心跳声，莫名觉得非常有安全感。

“买电瓶车干什么？你需要用车就开我的。”于晁的声音隔着胸膛，微微在谢灵凌的耳边振动，好听极了。

谢灵凌摇头：“我跟你说了吧，上学那会儿，我很羡慕别人有小电驴，买小电驴是我的梦想。”

于晁笑：“原来买小电驴就是你的梦想啊？不早说。”

谢灵凌戳戳于晁的胸膛：“喂，请你不要小看我的梦想，好吗？”

“好好好。”

关于谢灵凌的这个梦想，两个人倒还真的展开了一番讨论。

两个人坐在沙发上，于晁手上拿着医用棉签和碘酒，他让谢灵凌的双腿搁在自己的大腿上，低着头小心翼翼地给她处理伤口。

谢灵凌说：“你还记得我们高中那会儿吗？那时候有个老师

骑摩托车来上课，别提有多拉风了。”

于晁记得这件事，那个时候很多人代步的工具还是摩托车。他嗯了一声，抬起头朝谢灵凌微微扬眉：“你不敢骑摩托车，所以就梦想着买一辆小电驴？”

“聪明！不愧是我男朋友！”谢灵凌说着笑起来。

于晁忍不住抬手摸了一下谢灵凌的脑袋，他有时候真的觉得她是个没心没肺的小女孩，特别招人疼爱。

“对了，我记得你上学那会儿好像有一辆特别酷的自行车。”

于晁点点头：“嗯，是自行车。”

那会儿于晁骑自行车上下学，他的自行车款式还挺酷的。当时他爸爸还在世，家里条件不错，看似普普通通的一辆自行车，抵得上现在一辆小电驴的价格了。

谢灵凌调侃：“我记得当时大家都说你是富二代呢。”

“算什么富二代？也就是我爸做点儿小生意。”于晁低着头，一边小心处理着谢灵凌的伤口，一边说，“后来我爸生病，辗转去了很多医院，也就一年多时间吧，家里的钱都因为看病治疗花得七七八八了。”

这是谢灵凌第一次听到于晁谈起这些，神情不由自主变得认真而专注。

于晁说：“有一天，我放学回家的时候，听到我妈低三下四地在打电话跟人借钱。我那时心里那叫一个难受，当时就决定不上大学了，不想再给家里增加负担。”

谢灵凌听着，感觉自己心里酸酸的。她之前听人感慨说于晁考上了一个好大学却没去上，原来其中还有这种渊源。

于晁笑着道：“不过，高考我考得还挺不错呢，收到了A大的录取通知书。”

A大就在谢灵凌就读的大学隔壁，但A大是985和211大学，谢灵凌读的大学是一所普通的二本。原来他们两个人差那么一点点就会在同一个城市里读书、生活。

谢灵凌忍不住伸手摸摸于晁的脸，又捏捏他的耳垂，像亲昵的安抚。

于晁说：“刚好碰上9月份的验兵，我就去报名了，没想到还真的通过了。”

谢灵凌问：“后悔吗？”

“说不上后不后悔，在部队里，生活虽然苦了点儿，但心思单纯、友谊真诚。”于晁坦诚道，“可我也很好奇在大学里生活会是什么样，会不会……在某一天和你相遇在街头。”

“会的。”谢灵凌说，“A大的人经常来我们学校。”

“是吗？听说你们学校女生多，A大的人不会是去泡妞的吧？”

谢灵凌扑哧一笑，没再开口说话。她想起，自己那位前男友陈明煦也是A大的。

于晁也没再说话，他没说的是，曾经的他一次又一次地去她生活过的地方，在她就读的大学门口久久驻足。

有时候他想的是，或许这是最后一面，以后再也不会见到她了。不过，这种话，他不敢对她说，怕她会担心。

…………

当天傍晚，于晁和谢灵凌吃了晚饭之后就骑着谢灵凌新买的那辆小电驴迎着夏日的晚风，在小县城的街头慢悠悠地骑行。

从县城西边到东边前后也花不了半个小时的时间，这里可真是一个小地方啊，出门就能碰到熟人，抬头一眼就能望到头。

而小县城的小电驴似乎比四轮小轿车更多，一辆粉红色的小电驴穿行在街道上，于晁坐在前面，双手掌控车把，谢灵凌则坐在后面，双手圈着于晁的腰。

晚风带着些许的燥热，也承载着夏日的蝉鸣，在两个人的脸上轻轻吹拂。谢灵凌半张脸被于晁宽大的后背挡着，一双大眼望着远方。

他们路过一家小卖部，里面正放着一首不知名的英文歌曲：

What you do to me is indescribable

你对待我的方式美妙得难以言喻

Got me sparkling just like an emerald

使我如绿宝石般闪耀

Send my soul on fire and make me wild like the deep blue sea

使我的灵魂起舞，使我如深海般狂野

No other boy ever made me feel beautiful

没有其他男孩能让我有如此感觉

When I'm in your arms, feels like I have it all

当我在你臂弯中时，我像拥有了全世界……

于晁忽然使坏，一个急刹车，谢灵凌一头撞向他的后背，他在前面闷声笑，她用力地在他的腰上掐了一把，两个人都乐不可支。

今年的第一季水稻早已经收割完毕，现在第二季水稻已经开始陆陆续续播种，他们路过田野边上，到处弥漫着淡淡的青草香。

黄昏的落日在天边只剩下一个半圆盘，另外一半则被高山遮挡。这里远离城市的喧嚣，倒有一种纯天然的美。

于晁在一处空地上停下车，他拿出手机，对着谢灵凌拍下一张照片。谢灵凌背对着夕阳，配合地歪了一下脑袋，对着镜头露出灿烂的笑容。

小县城、水稻田、落日的余晖，还有喜欢的女生在身旁，再没有什么时候比现在更让于晁觉得甜蜜。

他走到谢灵凌的身边，温柔地在她的脸颊上落下一吻，与此同时，镜头记录下这一幕。

他轻轻地在谢灵凌耳边说："小圈圈，我好爱你。"

猝不及防的告白，让谢灵凌的心脏猛然收缩了一下。她能感觉到，感觉到自己正被他深深爱着。

* * *

于晁谈恋爱的事情早就在大队里传开了，于是队里一帮看热闹不嫌事大的总是闹着于晁说要看看嫂子的庐山真面目。

于晁被闹得没有办法，于是转头问谢灵凌的意见。

谢灵凌倒没觉得有什么，便说："你安排就好，但事先说好啊，让你丢脸了可不关我的事。"

于晁不解："你为什么觉得会让我丢脸？"

谢灵凌说："你可是消防队里的英雄啊，大家肯定会把你的另一半神化，觉得肯定是美女啦，天仙啦。可到时候大家一看我本人也不过如此，肯定心理落差很大。"

于晁大笑起来，他一本正经地伸手扶着谢灵凌的下巴，仔仔细细端详她的脸："你这叫不过如此？简直是我于晁祖上积德才能和你这么一个天仙谈恋爱。”

谢灵凌笑着要拍开于晁的手，反被他一把拽到了怀里。

于晁低头啄了啄谢灵凌的唇，又蹭了蹭她的额头，小声地和她计划着，说：“那这周休息的时候，我邀请他们来家里做客，顺便烧几个菜，大家一起吃一顿就算认识了，怎么样？”

谢灵凌的双手自然地钩住于晁的脖颈，她点点头：“好呀。”

“你想吃水煮鱼还是火锅？我到时候做。”

谢灵凌说：“难道不是他们想吃什么就做什么吗？”

“惯得他们。当然是你想吃什么就吃什么。”

“那我想吃水煮牛肉。”

“好，听你的。”

似乎，谢灵凌渐渐地习惯于晁对她的偏宠。

不知不觉，他们两个人交往也有两个多月了，相处时完全是自然而然的亲昵。和于晁的交往打破了谢灵凌对另一半的所有看法。

于晁对谢灵凌的好不仅肉眼可见，更让她觉得真诚。她以前觉得男人都擅长花言巧语，于晁显然要务实许多，他会在人来人往的街头蹲下身帮她系鞋带，会在下雨天特地送来一把伞，会在她说了一句想吃西边那家的肉包后一大早敲开她的家门。

于晁这个人有时候看起来聪明机灵，但有时候也憨憨的。比如，他一把将谢灵凌打横抱起来，毫无任何征兆原地转了一个圈。

谢灵凌着实吓了一跳，哭笑不得地捶打于晁：“你神经病啊！突然兴奋个什么劲！”

于晁又抱着谢灵凌转了一个圈，笑着说：“转圈圈转圈圈。”

真的像极了一个傻子。

可谢灵凌也忍不住笑，发自内心地开心。

或许，男人恋爱之后真的会突然降智。私底下，于晁在谢灵凌的面前越来越像个大男孩，也越来越爱撒娇。他一个一米九的大男人在一个小女人面前脑袋拱来拱去的，这画面要是叫队里那帮兄弟看见了，一定会惊掉下巴。但多数时候谢灵凌都不会阻止他，反而觉得他挺可爱的。

工作原因，他们两天没见面，于晁来到谢灵凌的花店二话不说先是缠着她要亲亲，她在忙，没空搭理他，他就像块吸铁石似的紧紧地从她背后抱住她，她做什么，他都要紧紧跟着，等她终于忙完了，他还不忘要那个亲亲。

谢灵凌有时候会觉得很不真实，这种生活真的太甜蜜了，她每天都像泡在蜜罐子里似的，睁开眼的第一件事是想找于晁，每天闭眼前的最后一件事情是想抱抱于晁。

今天外面下雨，两个人晚饭过后没事干就一起窝在沙发上看电影。

于晁随手选了一部林正英的鬼片，问谢灵凌意见，她说没问题。

这部所谓的鬼片倒也没多么可怕的剧情，甚至带了一些搞笑、温馨的成分，可不知不觉，原本坐在于晁身边的谢灵凌就挤到了他的怀中。

于晁忽然想起，高中的时候，有一次自习课班级里播放恐怖片，谢灵凌当时吓得全程都趴在桌子上，不敢抬起头。恐怖片是白天看的，晚上自习课的时候，谢灵凌说什么都不敢自己一个人去洗手间，于是央求同桌的女同学陪她一起去。

卫生间的灯总是忽明忽暗的，白天倒没有什么感觉，一到晚上还真让人觉得有几分瘆人，尤其是大白天看了恐怖片之后。

两个女生结伴去洗手间后，于晁也鬼使神差地从位子上起来，往洗手间的方向慢悠悠地走过去。他想他是因为想要去洗手，所以才会去洗手间的，不料刚到拐角，迎面就见到了谢灵凌。

谢灵凌当时被于晁那突然出现的身影给吓了一跳，她大喊一声，就差指着于晁喊鬼了。

于晁当时也挺无奈的，他有那么像鬼吗？

后来谢灵凌的同桌从洗手间里出来后捧腹大笑，说谢灵凌是个胆小鬼。

谢灵凌却嘴硬，怎么都不承认。

客厅里没有开灯，只有电视屏幕上的一些光亮，但多数时候都是一片昏暗，毕竟是鬼片嘛，气氛要到位。

于晁知道谢灵凌害怕，原本还有些担心她的心理承受能力，可见她那么可爱地缩在自己的怀里，又时不时抓着他的手把玩、攥紧、轻咬，他便顺势将她紧紧拥在怀里，明知故问：“害怕？”

谢灵凌是又怕，瘾还大，今天敢看鬼片有一部分是因为于晁。于晁本就生得高大，谢灵凌小小一个人埋在他的怀里，像一只小雏鸟待在大鸟丰盈的羽翼底下，十分有安全感。

忽然，屏幕里猝不及防冒出一张鬼脸，吓得谢灵凌转头把脸埋在于晁的怀里。她当然不会承认自己害怕，只是问于晁：“那个鬼脸还在吗？”

于晁说：“不在了。”

谢灵凌缓缓抬起头，于晁顺势低头吻住她的唇。她低声反抗一声，表示自己还想认真看鬼片。

于晁含着她的唇，低声哑哑地说："你看你的，让我亲一会儿。"

她还怎么专心看啊？

于晁的吻从来都极具存在感，让谢灵凌无法忽略。他大概也意识到了这一点，亲了一会儿之后果然就放她继续看鬼片了。

可接下来于晁的行为就不再老实了，他抱着她，先是贴在她的脖颈上又亲又啃，又顺着她的耳朵在耳垂上轻咬。

谢灵凌一开始还能全神贯注地看片，可她哪里招架得了于晁这种攻略？没一会儿，她嘴里忽然冒出了低低的哼唧声，意识到之后迅速捂住自己的嘴巴，不想让那个作恶多端的人看笑话。

于晁却存心似的，非要弄得她心里七上八下的。

任电影里这会儿画面再恐怖，谢灵凌都没再看进去。她的感官全被于晁带着走，更别提他不知何时屈膝跪在了她的面前。

谢灵凌望着电视屏幕，牙齿轻轻咬着食指关节，背脊靠在沙发上微微拱起。

亲吻的啧啧声被电视里的对话声覆盖，谢灵凌踩在沙发上的双脚脚趾不安地蜷缩着，手指甲下意识紧紧地掐着于晁的肩膀。

于晁抬起头，鼻尖上似乎带着盈盈的水渍，他舔了舔唇角，俯身在谢灵凌的耳边低语："甜的。"

谢灵凌一张涨红的脸隐匿在光线昏暗的客厅里，她咬着唇，一双无辜的杏眼望着他。

于晁的手臂肌肉紧绷，修长的指尖制造出无尽的波澜。她终于埋在他的胸口，湿了眼眶。

到处都是湿漉漉的，于晁干脆一把抱起谢灵凌往浴室走去。

谢灵凌埋在于晁的怀里，小声埋怨："什么人啊，我还要看电影呢。"

"湿湿的，不舒服，等会儿陪你继续看。"

"那你能保证等会儿老老实实地看吗？"

"不能保证。"

她无语！

约定的休息日很快到来。

那天，谢灵凌是最后一个到于晁住处的。因为是周日，她花店的生意不错。她进门的时候，客厅里一排近十个大男人齐刷刷地站了起来，跟被体罚站军姿似的盯着她。

任谢灵凌见过不少大场面，这一刻还是觉得挺胆战心惊的。她心底莫名有一些紧张，所以今天特地化了一个精致的淡妆，来之前还特地看了看自己的穿着。

不知是谁带头喊了一声"嫂子"，接着便是齐刷刷的一声声"嫂子"。

谢灵凌突然有些进退不得。

于晁听到声音从厨房出来，自然地弯腰给谢灵凌拿拖鞋，对她说："今天累吗？"

谢灵凌摇摇头。

于晁背对着那帮人，朝谢灵凌扬了一下眉："回来的时间刚刚好，你想吃的水煮牛肉刚出锅。"

两个人手牵着手，于晁牵着谢灵凌一一向她介绍站在客厅里的那帮男人。

那帮男人看谢灵凌的时候眼都直了。

今天谢灵凌一身淡雅的素色套装，长发特地做了简单的微卷造型，披在后背，衬得整个人落落大方。许是化了妆的原因，她的脸看着格外精致，说一句天仙完全不过分。

大伙总算心服口服，能把他们的队长于晁迷成这样，谢灵凌的确有这个资本。

突然，一个小伙子被人推了出来。他的脸看起来十分稚嫩，今年才刚满十九周岁。来队长家里做客，一帮人总不能空着手，于是派他出来给队长的女朋友送上一份礼物。

小伙子名叫陈星时，看谢灵凌时一脸腼腆，手上提着一个小小的袋子，说："嫂子，这是我们给你的礼物。"

谢灵凌一脸意外："你们太客气了。"

陈星时将礼物往谢灵凌手上一塞，说："也不知道送什么合适，里面是一瓶女士香水，希望你会喜欢。"

难得这帮大老爷们有这份心，谢灵凌倒有些不好意思，她什么都没有准备。

好在于晁及时为谢灵凌解围，对她说："收下吧。"

后来这顿饭倒是吃得其乐融融的，饭后一个个的更是各司其职，收拾碗筷的收拾碗筷，打扫卫生的打扫卫生。这帮人工作时态度端正，严守纪律，从不给别人制造一点点麻烦。

将这帮人送走之后，谢灵凌终于可以松一口气了，倒是莫名有种见家长的错觉。她今天可谓做作至极，尽量表现得落落大方，又斯文秀气，企图给他们一个好印象。

人走后，于晁迫不及待地将谢灵凌按在门上，用粗粝的手指刮了刮她嫩嫩的脸，笑着说："今天怎么这么乖？"

谢灵凌的脸一烫，她说："还不是为了给你一个面子！"

于晁心里热烘烘的，他俯身亲了亲谢灵凌的唇角，对她说："谢谢。"

"谢什么啊？"

"谢谢你对我这么好。"

又来了……谢灵凌捂着于晁的嘴，认真地对他说："你别总说这种话，我这样对你不是应该的吗？"

于晁憨憨地笑："第一次谈恋爱，我觉得好幸福。"

"傻瓜。"

忽然，谢灵凌想到什么，问于晁："陈星时和陈星晖是什么关系啊？"

于晁说："没什么关系。"

"我还以为陈星时是陈星晖的弟弟呢。名字那么像，就差了一个字。"

于晁笑了笑："是啊，就差了一个字。"

他在消防队里第一次听到陈星时的名字时也怔了怔，真的太像了，只有一字之差。可是，陈星晖再也不会回来了。

谢灵凌没有想到的是，从这天以后，她走在路上的时候，隔三岔五就会听到有人喊她一声大嫂，尴尬极了。有几次，她完全没有认出来眼前的人，对方说自己是于晁的同事。

与此同时，她花店里的生意也明显受到照拂，买花的都是消防队里于晁的同事。

有一天，一个老太太来买花的时候特地上下打量谢灵凌，忽然拉住她的手说："你就是于晁的女朋友啊！"

谢灵凌一头雾水时，对方说自己以前得于晁相救才留下来一条命。

老太太拉着谢灵凌的手说：“我还想把我孙女介绍给于晁呢，不过，听说他有女朋友了，特地来看看。”

谢灵凌那叫一个尴尬。

老太太仔仔细细看着谢灵凌，欣慰地点着头：“好，好，好，长得真好！一看就是人美心善。于晁和你在一起啊，我就放心了。”

谢灵凌不知道对方怎么就看出她心地善良了，反正她不承认自己是个善良的人。不过，和老太太解释太多似乎没有什么太大的意义，谢灵凌决定不收她买花的钱。

老太太却执意把钱塞给谢灵凌：“都是小本生意，你今天不收我的钱，那我下次怎么好意思来买花呀？”

谢灵凌说：“您下次来了，我就收您钱。”

老太太欣慰地笑了笑，见花店里这会儿不忙，就和谢灵凌聊起了天。

她说自己是把于晁当作孙子来看待的，让谢灵凌不要觉得她唐突。

她的命不好，老伴早早离世，唯一的儿子和儿媳也因为一场突如其来的车祸离开，留下她和她的孙女相依为命。

八年前，也就是出车祸的那天，是于晁带着消防队的人把她和孙女两个人从车底下拉出来的，那时候她还算年轻，孙女也才七八岁。当时她躺在医院的病房里真的想过带着孙女一了百了，是于晁隔三岔五来关怀，让她感觉到了温暖。

于晁从不是做表面功夫的人，他对任何人的关心都是真诚的。

八年前那次救援是于晁进入消防队之后第一次出任务，很遗憾的是，车祸导致一对年轻的夫妇当场丧命，只留下一对祖孙相依为命。

但凡于晁有时间，都会带上一些东西，去看看这对祖孙。一眨眼，竟然也过去了那么多年。他从不觉得这有什么，殊不知，正是因为他，这对祖孙才有了活下去的信念。

谢灵凌几乎不会参与了解有关于晁的工作，这还是第一次让她觉得他很了不起。

于晁出任务时的样子，谢灵凌从来没有见过，但因为于晁的工作，她现在但凡听到新闻上关于消防员的事迹，都会下意识多看两眼。

谢灵凌心想，她的男朋友应该也会像电视里的英雄一样，用自己的身躯守护着这个小小的县城吧。他从来不会抱怨什么，不说一句苦，也不说一句累，即便是受伤，也是感慨大难不死，必有后福。

有一次，两个人一起去看电影，看的是午夜的最后一场。散场的时候已经快凌晨两点，于晁牵着谢灵凌的手，两个人走在空荡荡的街道上。于晁见到路边躺着一个流浪汉，他便让谢灵凌等一等，接着走到流浪汉的身边和对方交谈了几句。

小县城和大城市不同，这里很少见到流浪汉。

于晁得知那名流浪汉有难言之隐，就立即联系了县城的救助站，看着那名流浪汉被接走之后，他才带着谢灵凌回家。

于晁对谢灵凌说，他见不得那么大年纪的人流落街头，碰到了，就想帮一帮。

他说着将她揽到怀里，抱着蹭一蹭，又对她说："让我家圈圈久等了，现在带你回家给你做夜宵吃，好不好？”

那晚夜很深，小县城的天空繁星点点。

空无一人的街道上，谢灵凌被于晁抱在怀里，像得到了整个世界。

她时常觉得，于晁真好啊。他的好经常让她感慨万千，为什么不能早点儿遇到他、和他在一起。

第十章 分手

这块伤口似乎开始浮肿、发炎、溃烂，这使得她无法面对于晁。

这天，于晁下班比往常时间要迟一些，回来的时候脸上还带了一点儿伤。他的五官立体、端正，带一点儿伤倒是更显匪气。

谢灵凌见到之后难免要问东问西，她以前从来不担心，现在却会不由自主地想东想西。消防员的工作辛苦，但于晁从来不在她的面前提任何一个字。

于晁支支吾吾，说是今天出任务受的伤。

谢灵凌多了解于晁啊，她一看他的神色就猜到他是在撒谎，便冷着脸问他到底是什么情况。

于晁知道瞒不过去，于是坦白道："在队里打架了，被通报批评了。"所以今天不仅回来晚了，脸上还带了伤。

这个结果，谢灵凌无论如何都没有料到。她很吃惊。见于晁不像撒谎的样子，她又问："你怎么好端端的跟人打架呢？多大的人了？不能心平气和地好好说话吗？有什么问题，不能坐下来慢慢解决吗？"

当然，不经他人苦，莫劝他人善。谢灵凌不知道具体发生了什么，也不好多说什么，况且于晁也不打算说。每个人都有自己的秘密，她不想强迫于晁必须诉说他不想说的话。

谢灵凌叹了一口气，见于晁沉默地低着头，于是转身去拿了医药箱过来。

于晁不在意自己脸上那点儿擦伤，不过，谢灵凌贴心地为他处理伤口，他还是很开心地单手揽过她，将她抱过来，让她坐在自己的大腿上。

她为他处理伤口，他就紧紧地看着她，那眼神像能够一口将她吞进肚子里似的。

谢灵凌瞪于晁一眼，让他不要嬉皮笑脸的，严肃地说："除了眼角的伤，还有哪里受伤吗？"

于晁抬了一下自己的胳膊，说："这儿。"明明受伤的人是他，他反倒很享受似的。

怎么能不享受呢？感受到自己心爱的人那么在意自己，那么关心自己，于晁觉得自己比中了大奖还要开心。

谢灵凌抬起于晁的胳膊看了一眼，只见他手臂上有一条长长的划伤。他一个手臂抵得上她两个胳膊那么粗，手臂上的青筋明显地凸起、交错，平时单手将她抱起来都不是什么问题。

她又瞪他一眼，接着小心翼翼地拿着棉签蘸了碘酒给他的伤口消毒。

于晁也不说什么话，只是痴痴地看着谢灵凌。

事实上，于晁之所以会动手是因为谢灵凌。

今天，于晁到队里的时候明显感觉到大家看他的眼神不一样，一个个都是一副欲言又止的模样。终于到了快下班的时候，一个名叫王建修的人挑衅地朝他吹了一声口哨，笑着说："听说你女朋友美得跟天仙似的啊。"

于晁当时没在意，也没搭理对方。彼此之间要说过节，倒也没有，只不过，当初于晁升上队长的时候，王建修颇有微词。他们两个人几乎是同一时间进的消防队，于晁却一升再升，这让王建修觉得很不是滋味。

许是于晁这副无视的样子激怒了王建修，他忽然又说：“可惜啊，是个破鞋。”

于晁自然不会任由别人这样说自己的女朋友，他停下脚步，冷声问王建修：“你什么意思？”

王建修双手插在裤兜里，耸了一下肩：“怎么？你不知道吗？你女朋友给人做过小三欸！”

于晁当时没想过要跟王建修动手，他不至于太过冲动，是王建修咄咄逼人，说：“于晁，你好歹也是根正苗红的黄金单身汉，怎么就愿意接手这种破鞋？”

“你说谁是破鞋？”

王建修说：“你说我说谁？兄弟啊，我是站在你这一边，为你考虑。”

当时于晁拳头握紧了又握紧，他强忍着上前去揍王建修的冲动，转身去洗手。

王建修却阴魂不散：“啧啧，我看啊，什么天仙不天仙的，纯粹是狐狸精啊。也就是你傻乎乎的，被一个破鞋耍得团团转——”

嘭的一声，于晁的拳头直接砸在了王建修的脸上。王建修的脑袋嗡的一下，整个人撞到了墙上。

王建修和于晁体形相当，自然不会忍受，况且也不是他先动手的。

两人扭打在一起在所难免，尤其王建修还继续故意挑衅：

“我听说你女朋友当别人小三的时候，人家老婆还怀着孕呢。这种人品、三观不正的人，你是怎么被她给迷上的？我说她是狐狸精有错吗？她不仅是个狐狸精，还是破鞋！”

于晁的怒气达到了极点，他下手难免要狠一些。他的拳头一下下地砸在王建修的身上，王建修也不让自己吃亏，抡起一旁的椅子就往他身上砸。

这番打斗很快惊动了整个消防队，于晁底下的那帮兄弟纷纷过来阻拦，让王建修闭嘴。

这还是大伙第一次见到于晁发火。

于晁这个人性格好，人缘也好，虽然看着有点儿不好接近的样子，但熟了之后就知道他是个多热心肠的人，是以，队里的人和他的关系都很不错。

这次于晁和王建修的事情，大家都很一致地站在于晁这一边。

王建修身上的伤比于晁的重，他坐在地上看着于晁，一副“你奈我何”的样子：“这件事又不是只有我一个人知道，你有本事也去打别人啊！”

于晁紧咬着牙关，握成拳的手都在颤抖。

一旁的兄弟劝他：“别听王建修胡说八道，这个人摆明了就是故意刺激你的。”

后来的检讨、通报批评和处罚在所难免，于晁全盘接受。只不过，他在队里放话，以后有谁再敢说他女朋友半句闲话，他还是照揍不误。

上级领导在办公室里花了半个小时教训于晁，于晁全程低着头，没有半句反驳。错了就是错了，他的确不该打人。可是如果王建修再在他面前说那些话，他依旧会抡起拳头。队里有队里的规则，但他也有自己的法则。

于晁不是没有想过后果，甚至还想过这份工作可能保不住了。可那又如何？如果他连自己喜欢的女人都无法维护，他还做什么男人？

他是个俗人，做不到那么伟大、高尚。

虽然于晁身上的伤口不多，但身上有些明显的印子和红痕。

谢灵凌心疼又无奈，不知道该怎么说他才好。

“不疼吗？”她故意用力按了一下他的伤口。

于晁嗞了一声，抱着谢灵凌顺势在她的唇上轻咬了一口。

那些风言风语对于晁造不成任何影响，要说有，他只恨自己没能够早点儿和她在一起。如果当年他不选择当兵而是去上大学，他们之间是否会有更多的可能性？

他一脸吊儿郎当地问谢灵凌：“心疼我啊？”

谢灵凌没好气地说：“心疼你个头！下次再跟人打架，看我理不理你。”

于晁撒娇地在谢灵凌怀里蹭了蹭：“不敢了。”

谢灵凌拧着于晁的耳朵，再三提醒道：“你可要记住自己所说的话。”

于晁求饶：“记住了记住了。”

有些事情就像火，一点点的星星之火足够燃起熊熊火焰。

谢灵凌得知于晁在队里跟别人起冲突的原因是在两周以后，是于晁的一位同事去她的花店买花的时候无意间说漏了嘴：“……我们知道嫂子你不是那种人，都是王建修碎嘴。”

说完，那位同事面露尴尬，买完花之后就赶紧地离开了。

小县城就那么大一点儿地方，上次消防队里的人见过谢灵凌之后回去各种宣传，说于晁真真是找了个天仙。有些没见过谢灵凌的人不免好奇，于是她的照片被私下传阅，这么传着传着，有人就认出了她。

有些话从别人的嘴里说出来难免变味。

谢灵凌独自一人坐在店里，感觉整个世界都崩塌了似的。她从未想过对于晁隐瞒什么，只不过，在没有任何契机的情况下，这段往事，她的确不太愿意诉说。

距离于晁下班还有三个小时，谢灵凌主动给他发消息，问他："你在忙吗？"

于晁这个时候刚训练完，捧着手机回复谢灵凌："还行。想我了？"

谢灵凌："你下班了来我花店，我在店里等你。"

于晁："嗯。"

这几乎是谢灵凌度过的最漫长的三个小时，她独自一人坐在花店里，回忆着和前任的点点滴滴。花店门外的车来来去去，行人脚步来来回回，她低着头，失魂落魄。

五年前，谢灵凌在不知道陈明煦已婚的情况下接受了他的追求，自此，她做了一名"小三"。

陈明煦隐藏得很好，他收起婚戒，租了一套房。每次和谢灵凌分开的时候总是称自己去出差，谢灵凌就这么傻乎乎地被骗了整整两年，一直到陈明煦的妻子挺着大肚子狠狠地扇了她一巴掌。

"……贱女人！你怎么这么贱，勾搭有妇之夫！

“……你这个小三！你父母没有教过你不要插足别人的婚姻吗！

“……我非扒光了你的衣服，让你游街示众！这都还是便宜了你！”

陈明煦和他的妻子算是从校服走到婚纱，两个人的感情一直不错，并且在陈明煦出轨期间，他对待他的老婆依旧体贴，两人依旧恩爱。

若不是谢灵凌半夜的一通电话，或许陈明煦自以为可以隐瞒一辈子。

那次谢灵凌痛经，她颇为虚弱地给“远在外地出差”的陈明煦打了个电话，希望能够得到一些抚慰，不料这通电话却被他迅速掐断。可为时已晚，他的妻子起了疑心。不是女人的第六感准确，而是男人的行为过于反常。

陈明煦的老婆很快便查出来，他在外面养了一个女人。

无论这一切是否谢灵凌的本意，她都的确插足了别人的婚姻，当了小三，不是吗？她的人生就此染上了一层无法抹去的阴霾，每每夜里都被梦魇困扰，浑身都是冷汗。虽然距离和陈明煦分手已经过去了足足两年，可她依旧无法原谅自己。

有一天晚上，谢灵凌在于晁的怀里做了一个噩梦，她惊声尖叫着被吓醒。见到眼前的人是于晁时，她暗暗松了一口气。

倒是于晁，他怕她还记着噩梦，一边紧紧抱着她，一边打着哈欠给她讲冷笑话。

于晁那么好，谢灵凌有时候会想她根本配不上他的真诚。

那段过往于谢灵凌而言就像隐藏在内心深处的一道鲜艳、狰狞的伤口，每每想起时，这道伤口便会开始弥漫出锥心的刺痛，清晰地提醒她，她不是一个善良的人。而今，这块伤口似乎开始浮肿、发炎、溃烂，这使得她无法面对于晁，无法想象他在得知她的那些过往时会不会作呕。

许久不曾抽烟的谢灵凌再次拿出了抽屉里的烟，她在店门外面挂了一个不营业的牌子，指尖夹着一根猩红的女士烟，独自一人坐在烟雾里。

周围被鲜花和绿植包裹，谢灵凌的美带着莫名的空洞，在烟雾缭绕中，像堕落凡间的天使，带有几分不真实。

于晁这天下午一下班就开着车直奔谢灵凌的花店，他满心欢喜，却听到谢灵凌说："于晁，我们分手，好不好？"

* * *

这是谢灵凌第一次用近乎祈求的语气对于晁说话。

于晁的脚步顿在花店门口，他问："为什么？"

谢灵凌抬起头："你都知道了……问这些还有意义吗？"

"我知道什么？"

"小三！我当过小三！"谢灵凌几乎用尽全力撕开了自己的伤口，"你都知道了！不是吗？"

"我知道个屁！我不知道你受的委屈，也不知道你被别的人欺负时有多难堪，更不知道你独自一人在外的时候有多孤立无援。傻瓜啊——"于晁怎么会知道曾经的他离她的世界那么遥远？他自责、难过不能在那个时候站在她的身边。

谢灵凌的眼眶瞬间就红了，她迅速低下头，不想让于晁看到自己此刻的窘迫。

于晁大步走来，不顾一切地将谢灵凌揽在怀里。

他人高马大，冲击力巨大，她整个人几乎被冲撞到墙角。也正是这样，他高大的身影抵着她，让她埋在他的怀里，不用在意任何眼光。

于晁紧咬着牙："你觉得我会在意这些吗？"

两个人被一层又一层的鲜花包围，谢灵凌的泪水早已经决堤，完全不受自己的控制。她在哭，他的眼眶也莫名湿润。

他双手捧着谢灵凌的脸颊，郑重其事地问她："谢灵凌，就是因为这个，你要跟我分手？"

谢灵凌实在瞧不上此时此刻的自己，好像除了哭，她根本没有办法做其他事情，甚至连最基本的回话都做不到。

怎么会这样呢？她竟然揪心一般地疼痛，不想和他分开，也舍不得和他分开。可她又是如此难堪，像被活生生地扒了一层皮，再也无法面对他清澈的双眼。

于晁霸道地替她做决定，第一次在她面前大声说话："老子不准！听到了吗？老子不准！"他说完狠狠吻住她的双唇，用力吮着她的舌尖，在她的唇内搅动。

谢灵凌的理智被这个吻彻底击碎，她不知道自己是该逃避现实还是彻底放弃，只知道这一刻她不想推开于晁。

于晁一遍又一遍地控诉谢灵凌："你怎么那么狠心呢？嗯？"他吻去她脸颊上的泪水，"凭什么说在一起的是你，说分手的还是你？"他又含着她的唇亲吻，"你知不知道我的心也是肉做的？"

谢灵凌哭得上气不接下气，又被于晁吻得喘不过气来，她整张脸涨得通红，缺氧了似的，看起来愣愣的。

于晁反倒笑了，他将她一把抱起，让她坐在桌子上，自己搬了把椅子坐在她的面前，一副不容拒绝的样子。

那么跌宕起伏的激烈情绪过后，谢灵凌反倒不知道该怎么面对于晁了。她在他的面前难得会脸红，尤其还是哭红的脸。

于晁用指腹擦去谢灵凌脸上的泪水，笑着说：“不哭了，好不好？”

谢灵凌吸了吸鼻子，有点儿缺氧似的长长地叹了一口气。

于晁敞着双腿，把谢灵凌的双腿夹在自己双腿中间，他拉着她的手，微微仰着头看她：“你介意跟我说吗？不想说的话也没事，我不在意。”

谢灵凌并没有犹豫太久，她选择把一切都告诉于晁。这也算一个契机，让于晁了解她的过往，好确定是否要跟她继续走下去。

但她不知道的是，无论这些过往如何，都不会改变于晁的心意。他之所以想知道，是不想从别人口中听到关于她的事。

于晁全程认真而又专注地听着谢灵凌诉说那段过往，他一脸心疼地看着她，抓着她的双手时不时轻轻捏一下，像无声地抚慰。

他终于了解了事情的全貌，知道谢灵凌当初所做的一切并非她的本意。

当年谢灵凌一个刚出高校的小姑娘，心思单纯，被男人编织的各种谎言欺骗。对方明明有了家室，却要伪装单身，伪造了一个避风港，许诺她各种未来和以后。

一直到原配找上门时，谢灵凌还一头雾水。

谢灵凌被隐瞒、被侮辱，最后还要背负小三的骂名。这一切本不应该由她承受，可是这个社会对女性的包容程度似乎总是匮乏。

最痛苦的那段时间，没有人知道谢灵凌是怎么熬过来的。庆幸的是，她在那个大城市里有交心的朋友周宛。

周宛是A市本地人，家里做生意，算是一个富二代。她个性鲜明，处世洒脱、大方，天大的事情在她看来都不过是时间的问题。在那段时间，仗义又热心的周宛一直陪着谢灵凌，她带着谢灵凌来了一场说走就走的旅行，又带着谢灵凌大肆购物。

谢灵凌无时无刻不在庆幸，幸好她有周宛这么一个朋友，是周宛带她走出了那段困境，开导她，鼓励她。

“于晁，我并不是刻意隐瞒。一开始我们关系不明时，我是觉得没必要跟你诉说这些。后来，我们在一起，我的生活被甜蜜和幸福充盈着，我没再去想过去的事情。我知道你会介意——”

于晁终于打断谢灵凌：“我为什么要介意？”

“这对你来说不公平。”

“公平？什么是公平呢？”于晁微微笑着，“感情的事情又有什么公平可言？我暗恋了你那么多年，你连正眼都不瞧我一眼，这公平吗？”

谢灵凌低声说：“或许你会发现你暗恋中的我和实际的我是不一样的。”

于晁伸手抬起谢灵凌的下巴，问她：“哪里不一样？是眼睛不一样，还是鼻子不一样？”他又说，“今天是有点儿不一样，嘴巴都被我亲肿了。”红嘟嘟的双唇看起来可怜又可爱。

谢灵凌破涕为笑，拍开于晁的手：“你正经一点儿，好不好啊？”

于晁说：“说正经的，要是让我看到那个男人，一定会狠狠揍他一顿。不对，这种人算什么男人，说是畜生也不为过。”最后，他起身，再次将谢灵凌揽在怀里，对她说，“傻瓜，都过去了。”

谢灵凌好像把该说的话都说光了，她听着于晁说：“再也不提分手了，好不好？是你说的，有什么话好好说，有什么问题坐下来好好解决。一上来不由分说先提分手，这算什么话？”

谢灵凌理亏，更不知道该说些什么。可是听着于晁说这些话，她的心里暖暖的，像被人温柔地捧在手掌心，视若珍宝。

不知何时，她的眼眶莫名又潮润起来。

于晁亲亲她的唇：“笑一个，好不好？”

谢灵凌点点头，可眼眶更红、更湿了。

于晁抱着她，哄孩子似的轻轻拍她的背：“圈圈，你要知道，我是你的男朋友，无论发生什么事情，我都会无条件地站在你这一边。”

谢灵凌终于忍不住又哭了，竟然哭得比刚才更惨。

吓得于晁又捧起她的脸一点点吻去她脸上的泪：“怎么了？我是不是说错话了？”

谢灵凌哭着摇头：“没有——”

于晁的眼眶似乎也跟着有些红，他用自己的额头顶着她的额头，语气亲昵得像是怕说重了点儿她就会碎了似的：“求求宝贝不哭了，好不好？”他第一次叫她宝贝，叫得那么宠溺。

谢灵凌更想哭了，她带着浓浓的哭腔，泣不成声：“我……我忍不住……”

她很少哭，甚至从来没有在别人面前哭过。因为她知道，这个世界上从来就没有感同身受，哭只会让人觉得是无能的表现，并不会让人同情。况且，同情是这个世界上最无用的情感。

于晁了然地点点头。他一瞬间便懂了，他懂得她心里压抑的哭，更懂得她这个时候需要发泄。于是他抱着她，陪着她，静静地任由她哭。

等谢灵凌哭得差不多了，于晁笑着对她说："我刚才收集了很多珍珠。"他说着用手掌捂了捂自己的胸口，说，"都珍藏在这里了。"

谢灵凌哭得太猛了，这会儿开不了口说话。

于晁说："只哭这一次，以后再也不要看到你在我面前哭了。"他抱着她，"真见不得你哭，看到你哭，我心里好疼——"

从小到大，谢灵凌很少有过这种被重视的感觉。她从不指望自己的父亲重视他，因为大男子主义的父亲待她如路边的野草。后来有过几段恋爱，她的潜意识里也从未奢望过有人会这样待她。

可于晁不同，他似乎会把全世界最好的东西都捧到她的面前，他和她在一起是一片赤诚、一腔热血。

有于晁的世界，谢灵凌可以卸下一切伪装。

那天傍晚，于晁牵着谢灵凌的手，带着她去菜市场买菜，两个人一起回家做饭。他们就像这万千世界里最普通也最渺小的一对情侣，吃了饭，洗了碗，日子似乎每日都在重复着，泛不起太多异样的水花。但恰恰是这种普通的日子，让人备感温馨。

饭后，谢灵凌从于晁的茶几上找到自己之前遗留在他这里的一包女士烟，其实只有一根了。她看了眼正在厨房洗碗的于晁，百无聊赖地拿起这根烟来到阳台。

打开心结之后，她更多的是一种解脱。

谢灵凌觉得自己像在沙漠中寂寞行走的旅人，终于找到一片绿洲。此时此刻，在万家灯火当中，她点燃这根烟，并非排解烦闷，更多的是某种释放。

这根烟里有薄荷口味的爆珠，谢灵凌轻轻咬开，口腔里瞬间便有了一丝凉意，夹杂着烟草香。

不多时，于晁走过来。他没说什么话，站在谢灵凌的身边，双手撑在阳台的栏杆上，和她一同眺望远方。

今晚月圆，一个金灿灿的圆盘高高挂在天边，照得大地一片清明。

这是他们两个人第一次一同欣赏月圆，月圆人团圆。于晁仰着头，嘴角带着淡淡的笑意，谢灵凌不知道他这时候在想些什么，似乎心情不错。

于晁身着一件纯白色的短袖，露出结实有力的臂膀。他的手臂上有烫伤留下的疤痕，但丝毫不会影响他的帅气，反倒因为交错的青筋，显得男人味十足。

谢灵凌侧头看了眼于晁，却不料被烟呛了一口，喀喀喀地咳了起来。

于晁顺势将谢灵凌半揽进怀里，伸手轻轻拍了拍她的后背。从始至终，他并未对她抽烟一事指指点点，只不过，这个时候忍不住开口道："可以把烟戒了吗？"

谢灵凌呛了一会儿，脸颊微微泛起潮红，她问他："为什么？"

于晁坦言："抽烟对身体不好。"

谢灵凌意外："只是因为这样吗？"

于晁从背后抱着谢灵凌，低头轻轻在她头发上亲了亲："有研究数据表明，女性吸烟对身体造成的危害比男性更大。”

谢灵凌不以为意：“那又怎么样？”

于晁叹气，咬了咬谢灵凌的耳朵，语气难得有些不悦：“不要糟蹋自己的身体。”他担心她的身体是真，希望她对自己好一些，不要伤害自己，无论是哪种方式。

这还是第一次有人以抽烟对身体不好的理由让谢灵凌不要抽烟。以往，有人看到她抽烟时总会对她说：“你一个女人抽什么烟？”

她有些逆反心理，她其实并没有烟瘾，却因为这句话非要抽烟。是谁规定抽烟就是男人的专属？女人就不能抽烟吗？

谢灵凌转过头来，干脆把自己抽过的这根烟递到于晁的唇边：“你抽过烟吗？”两个人相处这么久，她从没见过他抽烟，也从未在他的身上闻到过烟味。

于晁摇头：“不抽。”

谢灵凌说：“可是，我想看你抽烟。”

“为什么？”

“感觉你抽烟会很性感。”

于晁勾唇笑了一下，低头衔住谢灵凌递过来的烟。烟雾有些熏人，他下意识眯了眯眼，整个人瞬间有了一种浪子的气质。

可于晁是真不会抽烟，刚吸了一口，就呛了起来。他比谢灵凌刚才呛得要厉害一些，双眼潮润、泛红。

谢灵凌连忙把他嘴上的烟拿下来，伸手拍拍他的背，一脸紧张：“不会抽，你逞什么能啊？”

刚咳过的于晁声音异常沙哑，他一脸无辜地看着谢灵凌说：“是你让我抽的。”

“我让你干什么你就干什么呀？”

“嗯。”

谢灵凌打趣：“让你上刀山下火海呢？”

于晁说：“在所不辞。”

谢灵凌无话可说，她转头将烟掐灭，继而伸手钩住于晁的脖颈，踮起脚吻住他的唇。

薄荷香和烟草香弥漫在两个人的唇齿内，于晁先是耐心十足地让谢灵凌主动，不多时他就反客为主，伸手拖着她的软腰，拉近彼此的距离，同时一并加深了这个吻。

接吻是让彼此体温迅速上升的一种方式，于晁拥着谢灵凌，仿佛带着一团火的双手在她的身后游走。他有些笨拙，在她后背弄了大半天，最后抵着她的额头妥协：“解不开。”

谢灵凌扑哧一笑，转过身背对于晁，与此同时面对圆月。两个人就站在阳台上，再进行下去未免过于大胆。

夜还漫长，未来也很长，于晁满足地叹了一口气，平息了一会儿之后从后面抱着谢灵凌，在她耳边低声说：“知道我为什么不抽烟吗？”

谢灵凌摇摇头。

于晁说：“每年因为香烟引起的火灾就有将近两万起，相当于每天有约50起火灾是因为香烟。”

谢灵凌意外地长长哦了一声，她倒是没想那么多。

于晁似乎意识到自己过于说教了，他不再多说什么，而是对谢灵凌说：“可以为了我不抽烟吗？”

这人太狡猾了，知道她对自己的身体不在意，现在搬出了他自己。

谢灵凌敷衍道："知道了知道了。"

"不骗人。"

"不骗人！"

于晁笑着，忽然一把将谢灵凌打横抱起。

谢灵凌惊叫着钩住于晁的脖颈，问他："你要干吗呀？"

"你说我要干吗？"他微微扬眉，几乎咬着她的耳朵低语。

坦诚之后，谢灵凌和于晁之间的感情似乎越发升温。他们之间不再有任何隔阂和间隙，谢灵凌似乎更加依赖于晁对她的宠爱。

其实情侣间的宠爱都是相互的，于晁对谢灵凌好的同时，谢灵凌对他也是百分之百的宠爱。

两个人自然而然地同居了，谢灵凌爱在家里装点布置，于晁则经常要收拾她留下的"烂摊子"。于晁的家里有了谢灵凌之后也更有温馨的家庭氛围，这让他每天最期待下班，最期待回家第一眼就见到她。

而于晁在谢灵凌面前更是有点儿恃宠而"娇"的意思。这个娇是撒娇的娇。

8月末的时候，谢灵凌的好友周宛特地从A市过来，说是要见见于晁的庐山真面目。

难得谢灵凌肯重新接纳一段感情，这是周宛喜闻乐见的。但与此同时，她也担心谢灵凌会再碰到渣男。

在视频里，周宛再三强调："这个男人要是被我看出点儿什么，我可不会客气。"

谢灵凌倒是很期待地对周宛说："我也想知道这个男人身上

到底有没有缺点。”

不怪谢灵凌会有这样的疑问，因为于晁真的太好了。交往了这么长时间，两个人从未有过什么争执，更别提吵架了。

于晁对谢灵凌的包容超乎想象，有一次，谢灵凌甚至故意试探他的底线，样样和他唱反调，岂料这人非但不生气，反倒看着她傻乎乎地乐。她问他乐什么呢，他说，这种日子他以前做梦的时候想过，没想到现在梦想成真了。

于晁说：“女朋友就是用来疼、用来迁就的，否则谈什么恋爱呢？”所以，无论谢灵凌怎么任性、撒娇，在他眼里都是理所当然。

怎么会有这种傻大个儿呢？让人根本没有办法对他生气。这样的相处模式自然是谢灵凌梦寐以求的，可恰恰是这份美好经常会让她觉得很不真实。

她会担心，担心自己深陷时，于晁却抽身离去。所以交往的过程当中，她带着几分戒备，也不去过多地设想两个人的未来。

于晁那天休息，特地开车带着谢灵凌一起去高铁站接周宛。因为周宛是谢灵凌的朋友，曾经还无条件地帮过谢灵凌，所以即便于晁还未见过周宛，却在心底感谢这个女孩。

县城的高铁站刚刚建成不久，有了这条高铁，以后出行将方便、快捷许多。

周宛选的日子不错，艳阳高照，却有徐徐的清风，特别适合外出。

后来据周宛所说，她在高铁站出口第一眼看到于晁的时候就确定他一定是谢灵凌的男朋友。这个男人一身的正气凛然、刚正不阿，加上这个身段，怎么看都与众不同。能和谢灵凌相匹配的男人自然也得是独一无二的。

时隔近一年才见到好友周宛，谢灵凌当下就忘了自己身边的男朋友，亲昵地挽着闺密的手，将于晁抛诸脑后。

于晁也不恼，他反倒像个电灯泡似的默默跟在两位女士的身后。他很喜欢看到她开心、开朗的样子，无论这个出发点是不是因为他。

还记得高三分班以后，于晁和谢灵凌不再是同一个班级。此后他看到的更多的便是她的背影，多数时候是在出课间操的操场上，谢灵凌的个儿头当时在女生当中不算矮，所以站在他们班的后排，而于晁在男生当中更是高挑，所以也站在自己班的后排。两个人相隔不远，他便会漫不经心地看着她的背影。

谢灵凌大概率是不喜欢做课间操的，她讨厌一切与运动有关的事情。这一点上，无论是以前还是现在，于晁都很有心得。

可于晁不同，那个时候他每天最期盼的事情就是做课间操。因为只有做课间操时，他才可以明目张胆地望着她。

这件事，于晁没有跟谢灵凌说过，他知道她肯定会笑话他，她永远不懂暗恋一个人的滋味。不过，没关系，只要她现在爱他就足够了。

于晁不贪心，他不奢求谢灵凌对他的喜爱有多少，她能在他的身边就够了。

午饭过后，谢灵凌就把于晁给打发了。于晁毫无怨言，甚至还贴心地为两位女士各买上一杯奶茶，才离开。

于晁一走，谢灵凌就问周宛："你觉得怎么样？"

周宛点点头："不错。"

"真的？"

"真的。"周宛的家庭条件很不错，是以，她也算见过形形色色的人。她不敢打包票说第一眼就能看出一个人的本质，不过随着谈话交流，总能看出对方有几斤几两。

于晁这个人有礼貌且很大方，在女人面前表现出足够的绅士和分寸。他说话的时候不会天花乱坠，也不会天南地北，给人的感觉特别踏实务实。他真的是一个特别简单、纯粹的人，快三十岁的年纪了，抛开当兵那段过往，几乎一直都守在这个小小的县城里，没有什么杂七杂八的念头，脚踏实地。

接下来的大半天，谢灵凌和周宛两个人没干别的事情，就绕着小县城慢悠悠地走，天南地北地聊。

这个年纪，聊得更多的似乎还是感情。

虽然周宛只是今天中午才和谢灵凌、于晁一起吃了一顿饭，可接触下来，可以发现，谢灵凌对于晁的感情比她想象中要深不少。

周宛从没有见过谢灵凌陷这么深的样子，之前谢灵凌的那段感情，周宛也算看在眼里。反正周宛现在算是看明白了，谢灵凌的眼里只有她的男朋友于晁。

关于这一点，谢灵凌本人是真的没有发现。

周宛原本想着劝谢灵凌回A市发展的念头也打消，她对谢灵凌了解得不能再了解，知道劝说是没有用的。她忽然觉得小县城也有小县城的好，虽然小县城的经济并不发达，但人们丰衣足食，快递、物流随处可达。

没有人规定只有在大城市才能够生活，只要有心爱的人，在哪里都是一样。

“我也挺想谈恋爱的。”周宛有些苦恼，“可去哪里找一个暗恋了我十一年的人啊？”

谢灵凌笑了笑，没说什么。十一年的暗恋啊，她没有任何资格和权利去评价什么，即便于晁暗恋的对象就是她。

和于晁同居以后，有一次，谢灵凌在他家里整理东西的时候，意外翻开了他放在书柜最里层的一个记事本。

那个本子已经有些年头了，是淡蓝色的硬纸外壳。翻开内页，上面赫然写着她的名字。

谢灵凌并非故意偷看，可她的名字被写得那样苍劲有力，穿透纸背。整整好几页全是她的名字：谢灵凌。

这一刻，有关于晁那段十一年的暗恋，谢灵凌似乎有了具体的想象。当他在书桌前一下又一下地写下她的名字时心里又在想些什么呢？

好可惜，她对于他的印象只有短暂的前后桌关系。

周宛对谢灵凌说：“如果你能早一些知道于晁暗恋你，没准你们两个人早就有孩子了。”

谢灵凌笑着摇摇头：“怎么可能？”

“总之，感觉你们两个人之间错过那么多年蛮可惜的。”

“嗯。”谢灵凌倒是十分赞同周宛这句话，她之前并不觉得现在才熟悉于晁有什么不妥，可现在越发感慨，要是能够早一点儿遇到他，他们之间会不会有更多的可能性。

周宛又说：“没想到我爸妈也那么肤浅，现在都开始催我相亲了。”

“不是吧？”在谢灵凌的印象中，周宛的父母算是很开明的。

周宛点头："他们大概是怕我没人要。"

"说什么傻话呢？"

周宛无奈地笑了笑。

小县城不大，能够玩乐的地方不多，况且周宛也并不想留下来当电灯泡，当天来当天就走了，真的只是来帮闺密审视她的男朋友于晁的。

谢灵凌留不住周宛，大小姐是雷厉风行的人，不会被任何人左右。

周宛离开前不忘对谢灵凌说："先说好啊，到时候你结婚一定要请我当伴娘啊！"

谢灵凌都无话可说了："怎么好端端的就扯到结婚上去了？"

周宛说："不知道为什么，我有一种强烈的预感，觉得你们两个人肯定会结婚。"

"行吧。"谢灵凌现在倒是还没有想那么多。结婚对她来说还是一件很遥远的事情，又或者说，她根本没有想过结婚。许是原生家庭的影响，又或许是自己经历的那几段感情，让她对婚姻不抱有任何幻想。

周宛那天来的时候还给谢灵凌带了一份礼物，但说好了让她回家的时候再拆。

不过，回家的时候，那份礼物是被于晁提在手里的，有他在，基本上不会让谢灵凌手上拿一点儿东西，所以一直到晚上的时候谢灵凌才想起要拆那份神秘的礼物。

以往周宛不是没有送过谢灵凌东西，都是很精致的小东西，也都很贵重。于是谢灵凌洗了澡，郑重其事地盘腿坐在床上，准备拆礼物。

她拆开礼物，等到拿出那件东西的时候，惊得当场扔了出去。

于晁洗完澡之后正好进屋，那玩意儿不偏不倚恰好就扔在他的脚边。他单手拿着毛巾擦拭头发的动作一顿，先是低头看了眼那东西，眯了眯眼，又抬头看了一眼谢灵凌。

谢灵凌立即否认："这不是我买的！是周宛送的！"

"哦。"于晁一副淡定自若的样子，点点头，顺势将地上的东西捡起来。

谢灵凌立即从床上跳起来，去抢于晁手里的东西，准备拿去扔垃圾桶。谁知，于晁却把东西往背后一藏，不让她扔。

"快给我！"

于晁一脸的无赖："为什么要扔？好歹是别人送的礼物，你就这样糟蹋？"

谢灵凌面红耳赤："于晁！"她一着急就只会大声喊他的名字。

于晁举手："到！"

"给我！"

"你不想试试？"

"试你个头啊！我才不想！"

于晁笑："怎么办？我想看你试一试。"

"于晁！"

"到！"

"把东西给我。"

"不给。"

“你到底想干吗呀！”

当天晚上，被子里响起嗡嗡嗡的震动声，于晁侧身躺在床上，一只手支着自己的脑袋，看着缩在被子里的谢灵凌。

一开始，于晁还很满意看到谢灵凌的变化。

可最后不知道于晁是吃哪门子的飞醋，转而气愤地将手上的东西一扔，念念有词：“什么玩意儿，居然还想取代我？”

谢灵凌终于得到解脱，可高兴不过两秒，于晁忽然长驱直入，一并将她的尖叫声吞没。她叫天天不应，叫地地不灵，还要被迫做出一个抉择：“是它厉害还是我厉害？”

面对于晁这种幼稚的行径，谢灵凌只能妥协：“你你你，你最厉害！”

“真的？”

“真的！”

这么一说，于晁一高兴，更加卖力。

谢灵凌真不知道自己到底是说错话还是说对话了，不过，横竖她都逃不开于晁的魔掌。

第二天上午十点，谢灵凌的双腿打着战，连走路都是一顿一顿的。

于晁不在家，他昨天休息，今天一大早就起床去上班了。谢灵凌不知道于晁这种人怎么能够在凌晨四点睡下，又在清晨六点起床，他走的时候一副精神抖擞的样子，还不忘对她说：“我在电饭煲里定时煮了粥，你醒了记得吃。”

谢灵凌拿起手机，二话不说先找周宛算账。她发微信道：“周宛！你这个挨千刀的！给我出来！”

周宛秒回：“咋了？”

谢灵凌:“你说咋了?你还有脸说?”

周宛:“让我猜猜看……”

周宛:“昨晚战况激烈?”

谢灵凌:“滚!”

周宛:“什么人嘛,刚才让我出来,现在又让我滚。”

周宛:“果然恋爱中的女人啊,阴晴不定。”

周宛:“我是让你呼来喝去的人吗?嗯,我就是。”

谢灵凌:“滚!!!”

周宛:“对啦,我又给你买了全新的礼物哟,快递显示今天会到,请注意查收!”

谢灵凌发誓她下次见到周宛的时候不会打死她的,绝对不会!

第十一章
委屈

“你只要站在那里看着我，你就已经是我的全部了。”

时间过得很快，转眼就到了9月末。

谢灵凌没想到自己会这么快再见到周宛，原因是周宛的嫂子谢荔生了二胎。

周宛的嫂子是她的闺密，两个人是穿着开裆裤一起长大的关系。因为周宛是谢灵凌唯一的闺密，一来二去，谢灵凌和谢荔也成了好朋友。不过，用谢荔的话说，她们两个人都姓谢，五百年前肯定是一家。

这次谢荔二胎产子，谢灵凌理所当然要去探望。

出发前一晚，谢灵凌坐在床上看着于晁忙前忙后。他在忙什么呢？他忙着给她收拾行李，给她检查随身携带物品，还有一堆唠唠叨叨。

这一趟出门时间不长不短，大概会有一周。这还是两个人自从交往以来第一次分开。于晁嘴上虽然没有说舍不得之类的话，可他的行为似乎透露着淡淡的不安。

曾几何时，于晁也目送过谢灵凌推着行李箱从小县城离开，再回来，时隔整整一年。他总在她看不到的地方看着她，暗恋着她。

谢灵凌永远也不会知道于晁的那些苦涩过往，因为他不认为这一切需要别人的谅解抑或同情。

没有人逼着于晁去暗恋，他也心甘情愿地喜欢着她。

谢灵凌从小到大独立惯了，自从和于晁在一起之后，她的四肢仿佛开始渐渐退化。在于晁的眼中，她什么事情都不能独立完成似的，包括整理行李这件事。

“你在旁边坐着，我帮你整理。”于晁打开行李箱，分门别类地将谢灵凌的衣服从衣柜里拿出来，再一一叠好，内裤、内衣、袜子、上装、下装、鞋子……真的是面面俱到。

谢灵凌见于晁给她收拾了一件外套，忍不住说：“不用带外套吧，又不冷。”

“我看了天气预报，最近几天气温会骤降，到时候会冷的。”于晁认真地卷着衣服，他说这样不仅可以避免衣服起褶皱，还能节省储存空间。

谢灵凌自己都还没有看天气预报呢，于晁倒是很细心。

所有东西都整理得差不多的时候，于晁又仔细想了想，确保没有什么东西遗漏。

谢灵凌倒是大大咧咧的，说：“漏了就漏了呗，到时候去买就行。”

“也是。”

不多时，谢灵凌的手机上收到一笔转账，是于晁转来的。她不解地问他：“为什么给我转钱？”

于晁说：“给我女朋友转钱还需要什么理由吗？”

话是这样说没错，可谢灵凌望着数字后面那一串零，啧了一声：“看不出来啊，这么多小钱钱。”

于晁笑：“你想要掌管家里的财政大权吗？”

谢灵凌连忙拒绝。什么跟什么嘛，他们只是在谈恋爱，掌管什么财政大权?

于晁亲了亲谢灵凌，没再多说什么。

于晁这个人有个习惯很好，他的东西永远都是井然有序，无论是在家中还是出门在外。在这点上，谢灵凌自愧不如。谢灵凌的东西虽然说不上乱，但绝对不会像于晁那样，就连被子都要叠放得整整齐齐。更多的时候她喜欢把衣物随手一扔，等哪天心血来潮，又要花上一段时间好好整理。

坦白说，谢灵凌很清楚自己的某些习惯不太好。可没有想到的是，和于晁同居之后，她的习惯似乎变得越来越差。这要怪于晁。

于晁这人怎么说呢?好像在他的眼中，谢灵凌无论做什么都是合理的，她做什么都是应该的。

谢灵凌爱睡懒觉，于晁说这是女孩子的权利，他非但从来不会说她睡懒觉不好，有空的时候甚至还会陪着她一起睡觉。

谢灵凌不爱干家务活儿，于晁说干家务活儿本就是男人的义务，他说女朋友就应该吃喝玩乐，从来不对她有任何要求。

谢灵凌不爱社交，于晁便不强求她去认识他的那些好友，更多的时候，他会带着她到郊区逛逛，再到山上走走。

有时候谢灵凌过意不去，想帮于晁干点儿家务活儿，于晁还会拦她。

他总是一脸幸福的笑意看着她，对她说:“你只要站在那里看着我，你就已经是我的全部了。”

现在好了，谢灵凌感觉自己彻底成了一个废物，好像离了于晁就无法直立行走。

曾经的她独自一人背着行李从小县城辗转三趟车到达A市求学，偏偏运气不好，在车站被人偷了钱包，最后只能步行前去学校。

曾经的她独自一人住在一个只有十平方米的小小出租房，每天上班通勤要两个小时，累到只能在地铁上稍微眯一会儿。

曾经的她被人指着鼻子大骂“勾搭有妇之夫”……

可明明从前的她那么独立，什么事情都是她自己一个人完成。

没事的时候于晁总爱追问谢灵凌在A市的那几年过得怎么样，他爱问，听她说到一半又会捂着她的嘴巴心疼地让她不要再说了。

事实上，现在再回想起那些，谢灵凌也挺感慨的，好像曾经的那个她有三头六臂，无所不能。

于晁告诉她，以后只要有他在，一定不会让她再受半分委屈。

谢灵凌出发去A市那天，于晁还特地请了一个小时的假驱车将她送到高铁站。

高铁站虽然说是设在县城，却是在距离城郊将近二十公里外的地方。于晁觉得谢灵凌一个人拎着行李箱不方便，说什么都要亲自将她送到高铁站。他这个人，说霸道的时候还挺霸道的。

一路上谢灵凌都没说什么话，她静静地看着于晁忙前忙后，又听着他各种嘱咐：“这两天会降温，注意保暖，你这个人啊，平时不爱运动，体质差，最容易感冒了。”

谢灵凌点点头，顺便接过于晁递来的水杯抿了一口水。

于晁看着她：“对了，饮食上也要多注意点儿，你吃辣，肠胃就受不了。”

谢灵凌鼓了鼓腮帮，忍不住说：“可是我都很久没有吃A市的小吃了。”

于晁笑着伸手掐了掐谢灵凌软软的脸颊，说：“那也不能太贪嘴，到时候受罪的是你自己。”

“好啦好啦，我知道啦！”

“知道就好，对了……我把口罩放在你包里了，在人多的地方戴上口罩可以预防流感，最近天气冷热交替的，流感盛行——”说着说着，于晁感觉谢灵凌看自己的眼神越来越怪，他疑惑地停下来，又下意识地伸手摸了摸自己的脸，问谢灵凌，“……怎么了？”

工作日，又是在小县城，所以高铁站里的旅客并非像大城市那样络绎不绝。谢灵凌忽然一把抱住于晁，将脸贴在他的胸膛上，在他的怀里蹭了蹭。她这个人一向不太喜欢在外面做过于亲昵的动作，而今天她的动作看起来特别黏人，像一只在撒娇的猫。

于晁猝不及防地顿了一下，随即伸手圈住谢灵凌，低声柔柔地问她：“怎么了？嗯？”

谢灵凌在他的怀里，没有抬头，只用很轻的语气说：“于晁，你对我真好。”

于晁笑了，他抱着谢灵凌的双手紧了紧，又吻了吻她的头发，乐不可支：“傻瓜，我不对你好对谁好？你可是我女朋友。”

谢灵凌问：“这是女朋友的专属吗？”

于晁嗯了一声。

谢灵凌仰起头，看着于晁清澈的双眸：“那我们以后要是分手了，你再交女朋友的话——”

于晁打断谢灵凌：“没有这种可能。”

“嗯？”

“我不会和你分手，也不会再交女朋友。”

谢灵凌嘁了一声：“未来的事，谁说得准呢？”

于晁无奈地低头轻咬谢灵凌的唇：“我不爱听你说这些话。”

“——嗯。”被吻住唇的谢灵凌说不出话来。

到底是在外面，于晁没有像在家里那样对谢灵凌肆意妄为，他抱着她，低声说：“记得每天都要给我打电话。”

谢灵凌笑得不行：“我才出去一周，又不是不回来了，还用得着每天打电话啊？”

他有些孩子气地蹭蹭她：“就是要。”

因为候车大厅不能让非旅客成员进入，后来谢灵凌独自进了候车大厅，一转头，就看到于晁还站在外面等着。

他就静静地站在那里，留着贴皮的板寸头。板寸头其实是最考验五官和脸形的一种发型，可即便是远远看着，他的五官依然棱角分明，整个人男子气概十足。

他不焦不躁，望着她的方向，没有移开目光。见她转过头，他朝她挥了挥手。

有他在，谢灵凌莫名很有安全感。

谢灵凌已经有一年多没来A市了，这次再来，少说都要待上一周。原因无他，是周宛不让她回去。不过，谢灵凌心想，反正回小县城也没啥大事，在A市多待几天就多待几天，没什么大不了。

走出高铁站，谢灵凌望着这个自己曾经生活过十年的地方，内心难免波澜起伏。刚上大学第一次来这个地方，她像个乡巴佬似的，望着高楼大厦一阵感叹。那时候还没有高铁，她坐了将近一天的大巴车才到达这个城市。可还不等她立下豪言壮志，就发现自己的钱包被偷了。

而今再来到这个地方，谢灵凌不再是当初那个十七八岁的女孩子了。

在这个城市有太多的可能性，人人都以为来到这里就有无限希望，现在的谢灵凌却觉得待在小县城也挺好的。

周宛在时间上计算得刚刚好，上午十点一刻，谢灵凌一出高铁站就看到大小姐那辆粉红色的跑车。

上车后，谢灵凌坐在副驾驶座上给于晁发消息："我已经到A市，见到周宛了。"

于晁秒回："好。"他又说，"在外要注意安全，玩得开心。"

谢灵凌看着于晁发来的消息无奈地摇了摇头，嘴角却是上扬的。

周宛见状，趁着红灯停车的时候侧头去看谢灵凌手机界面上的聊天对话，啧了一声："哟哟哟，瞧瞧这黏糊劲啊，我又不会把他女朋友给卖了！"

谢灵凌并不介意周宛看自己的手机，笑着对她说："怎么？吃醋了？"

周宛轻哼："你们一个个谈了恋爱就有异性没人性，荔枝也是这样。"

荔枝是谢荔的小名。

说到谢荔，谢灵凌顺势就把话题转移了："我们现在是去看荔枝吗？”

“嗯。”周宛说着脚踩油门，只听跑车引擎发出轰鸣声，引起周围人的注意。但周宛丝毫不在意，她轻车熟路地开着车直奔周家。

周家，准确地说是周宛大哥周斯的家，在A市寸土寸金的地方——平昌路。平昌路是一个让人觉得很梦幻的地方，这里位于闹市中心，出门就是整个城市最繁华的地段，左边奢侈品店云集，右边是高楼大厦。周斯家位于这里，却是闹中取静。

当初谢荔结婚的时候，谢灵凌去当过伴娘，见识过所谓富人区的样子。

在A市有句俗语，如果你不是出生就住在平昌路，那么这辈子也别想买下平昌路的房子。谢灵凌如果不是有周宛这么一个朋友，大概这辈子也不可能踏入平昌路半步。

说起来，当初谢灵凌之所以能够认识周宛，也是一段有趣的故事。

刚毕业那会儿，谢灵凌进了一个自媒体工作室实习，恰好当时周宛和她一样也是实习生。只不过，周宛低调，没人知道她富二代的身份。

由于同样是实习生，谢灵凌和周宛难免走近，一来二去便成了朋友。但朋友和闺密之间还是差了十万八千里，真正让两个人关系发生质的变化是因为谢灵凌的一次“英雄救美”。

那次周宛差点儿被上司污辱，恰巧被当时路过的谢灵凌撞见。她几乎想都没想，脱了脚下的一只高跟鞋用细高跟那一头对着上司的脑袋就往死里砸，嘴里还不忘道：“人渣！让你欺负女孩子！”

结果怎么样呢？结果是谢灵凌和周宛都丢了工作，而那位上司只是受了点儿轻伤。

有时候就是这样，坏人不一定会受到惩罚，好人也不一定会有善终。可这件事让谢灵凌收获了周宛这么一个朋友，从此在A市的路也算顺遂不少。

中午十一点，粉红色跑车驶入戒备森严的平昌路。

远远的，谢灵凌就看到谢荔站在家门口迎接。虽然生了二胎，可谢荔那张脸和那个身段，哪里看得出有两个孩子，妥妥一个大学生的模样。

一见到谢灵凌，谢荔就扑了上来，埋怨道："好啊你！要不是我生了二胎，你就不来A市玩了，是吧？"

"……倒也不是。"

谢荔瞪着谢灵凌："那你在忙些什么呢？"

谢灵凌心虚地说："忙着谈恋爱。"

"噗。"

不过，在这点上，谢荔倒是理解谢灵凌，毕竟她就是一个"恋爱脑"。

都说被爱情滋润的女人是最灵动的，谢荔深信不疑。时隔一年再见到谢灵凌，谢荔觉得她哪儿哪儿都好像变了似的，明明没有化妆，整个人看起来却更加明媚夺目，更加神采艳丽。这种由内而外的改变只有爱情有这么大的魔力。

好友相聚，开心畅聊，时间过得飞快。

谢灵凌在周家一待就是一整天，先是和谢荔家的大宝玩，等大宝午睡了，她又跑去跟还在襁褓里的二宝玩。

一旁的周宛都忍不住对谢灵凌说："以前怎么没看出来你这么喜欢孩子啊？"

谢灵凌爱不释手地用手指逗弄着二宝的脸颊，说："只怪荔枝家的小小荔枝太可爱了！呜呜呜，我都要被萌化了。"

周宛："可爱，你自己也去生一个呗。"

谢灵凌："那算了，我可不敢生。"

谢荔插嘴："生呗，想玩就把孩子从保姆那里抓过来玩一玩，烦了就扔去折磨老公，可有趣了！"

周宛："……"

谢灵凌："……"

傍晚的时候，周宛开车带着谢灵凌和谢荔一起出门，说是去潇洒快活。

在带孩子这件事上从来不用谢荔操心，况且难得好友过来相聚，她就跟飞出鸟笼的金丝雀似的，那叫一个快乐。

谢灵凌也挺快乐的，能和好友在一起，无论做什么，脸上都洋溢着笑容。

她们先是去商场逛了一圈，各自买了一杯奶茶，再去最近大热的餐厅打卡，晚上的时间足够漫长，国庆档的电影要先安排上。

不知不觉，从电影院出来的时候时间已经到了凌晨。

周宛提议再去酒吧，可谢灵凌实在困得不行，她自嘲道："都快三十岁的人了，和年轻那会儿是不能比啦！"

谢荔也摇摇头："我也得回家了，不然老周得着急，而且我也想宝宝了。"

没办法，今天的酒吧行动取消，各自回家，各找各妈。谢荔有自家的专车来接，谢灵凌则跟着周宛去她的住处，好友之间根本用不着讲究。

玩了一整天，谢灵凌的手机早就没电关机了。上车之后，她将手机充上电，才看到于晁发来的三条消息，分别是在晚上八点、十点、十二点时。

于晁：“手机充上电了吗？”

于晁：“有电了吱一声。”

于晁：“想你。”

今天于晁没有值班，这个点应该是睡了。不过，谢灵凌还是给他吱了一声。

谢灵凌：“吱。”

于晁秒回：“终于记起我了。”

谢灵凌：“都说了手机没电啦。”

于晁：“嗯。”

于晁：“想听听你的声音。”

谢灵凌看着消息无奈地一笑，但还是给他发了一条语音消息：“喂，你怎么还不睡呀？”

语音发送出去之后，谢灵凌自己按着听了一遍，她的声音应该算是好听的，上学的时候同学都说她的声音很甜，工作之后，大家的评价居然也出奇一致，说她的声音听着特别有女神范。

于晁很快回复：“在等你消息。”

这一整天于晁其实也没有催过谢灵凌必须第一时间回复消息什么的。他知道她在A市见了好友肯定不能一直低着头玩手机，他也知道自己不能总是太黏人，可想念这件事，他没有办法控制。尤其今天下班回家，看到屋子里空空的，他忽然就有种患得患失的感觉，仿佛昨天和她在一起的亲密都是自己虚构出来的。

谢灵凌主动跟于晁说了自己这一整天的行程，先是干吗干吗，又是干吗干吗。

于晁听着自己女朋友发来的语音，空虚的内心一点点被填满，于是顺着她的话无休止地聊起来。

他怎么就那么喜欢和她聊呢？明明天天待在一块儿，才分开这么几个小时，就好像隔了四季春秋。

人总是很贪心，他曾经只是远远看着她就觉得心满意足，可现在觉得远远不够，他想紧紧抱着她，亲吻她，占有她。

还是谢灵凌催于晁道："明天不要上班了？你快点儿睡觉啦！"

于晁最后用语音回复谢灵凌："遵命！"

谢灵凌按着于晁发来的这条才一秒钟的语音反复听了好几遍，嘴角上扬得厉害。

"遵命。"

"遵命。"

"遵命。"

于晁的声音可真是好听，低沉醇厚，又是无比性感的，特别像欧美大片里那种型男的声音，事实上，他的确是个型男。对于这种声音，谢灵凌一向没有任何抵抗力，更别提有时候他软下声来跟她撒娇，简直反差萌拉满。

在一旁开车的周宛终于忍无可忍，朝谢灵凌大吼道："谢灵凌！够了！和谢荔在一起的时候要吃她和我哥的狗粮，现在还要吃你的狗粮吗？我不想再吃狗粮了！"

谢灵凌收了手机，嘴角的笑意不减："那我请你吃夜宵？"

"哼！谁稀罕呢！"

"去嘛去嘛，趁现在还有小龙虾。"

周宛心下一动："哼，谁要你请？本大小姐有的是钱！"

第二天，A市忽然大降温，谢灵凌从行李箱里翻出于晁提前为她准备好的外套，心想幸好提前有所准备。

已经下午两点，周宛还躺在床上没有起来。谢灵凌没有催她，自顾自捧着手机在玩消消乐。

等周宛醒来已经是下午三点多，见谢灵凌给她煮了一碗面条，周宛差点儿感动到落泪："谢灵凌，你出息了啊，居然会给我煮面条！"

谢灵凌怔了一下："很奇怪吗？"

周宛坐下来，说："你以前可是十指不沾阳春水啊，让你进厨房简直跟要你的命似的，怎么？难道你现在开始当起了家庭煮妇？"

谢灵凌扑哧一笑："还真没有。"不仅没有，现在的她比以前更过分，连煮鸡蛋这种事情也不再需要自己动手。因为，往往在她想吃的时候，于晁已经心有灵犀地为她做好了。

可她为什么会在今天给周宛煮面条呢？或许也是因为于晁吧。

和于晁同居的谢灵凌也改不了爱睡懒觉的毛病，可每次醒来时餐桌上总会有一碗热气腾腾的面条。于晁说她肠胃不好，吃面食可以养胃。

今天，谢灵凌在周宛的住处打开冰箱，见里面有面条和其他一些食材，就顺手煮了碗面条，倒没觉得有什么太大的难度。

她想，等会儿周宛起来的时候应该会饿，刚好吃一碗面条，也省得再费心思叫外卖。

“我懂了。”周宛一脸高深莫测地点点头，“你这是被于晁给同化了。”

谢灵凌不解：“同化？”

“耳濡目染呗。他对你好，所以你也会对别人好。”周宛一笑，“我觉得你现在的状态真的很棒。”

谢灵凌欣慰：“嗯，我很喜欢现在这样。”

“谢灵凌，很高兴你现在找到了一个对的人。”

经周宛这么一提醒，谢灵凌似乎也顿悟了。

曾经的她不能说自私，可从来不会像现在这样。原生家庭让她封闭自我，她从来不会去为别人着想，只是唯我独尊。因为她知道，只有自己才会对自己好，不能指望别人。可是，于晁教会了她如何去爱一个人。

谢灵凌突然很庆幸她能和于晁相遇，和他恋爱。

接下来的几天，谢灵凌在A市的生活宛若复制粘贴，每天睡到日上三竿，再起床梳妆打扮，出门玩。

周宛带着谢灵凌一起把国庆档的所有电影都刷了一遍，再和她去购物、玩密室逃脱、去郊区户外烧烤、去看星星。虽然每天都是吃喝玩乐，却又是完全不一样的开心。

谢灵凌从不吝啬和远在小县城的于晁分享自己每天的开心，或是一句话，或是一张照片。而无一例外，于晁都会给她最积极的回应。

有人说，分享欲是最高级的浪漫。而对谢灵凌来说，于晁的热情回应让这些普通到不能再普通的日常似乎都变得更有趣了。

谢灵凌临别前最后一晚，周宛带她去了朋友新开业不久的一家音乐酒吧，说是要给她一个惊喜。

“真的假的？可不要惊喜变惊吓啊。”

周宛说：“你放心，肯定是惊喜！”

音乐酒吧不同于一些商业酒吧，这里不会过于鱼龙混杂，并且氛围感十足，倒是适合朋友间小聚聊天。

谢灵凌和周宛都不是私生活混乱的人，偶尔心血来潮去一次酒吧放松心情，倒也不是为了什么艳遇。今天周宛会带谢灵凌来酒吧，一来是为了给朋友捧捧场，二来也是让她来听听歌。

今晚，这家音乐酒吧特地邀请了一位知名度颇高的民谣歌手，现场也是一票难求。

可谢灵凌万万没有想到，她会在这里遇到前男友陈明煦。

那年自从得知自己被骗做了小三之后，谢灵凌就再也没有见过陈明煦，没想到几年时间过去了，这人还是人模狗样的，梳着精致的发型，穿着休闲西装。年过三十的他脸上看不出什么岁月的痕迹，他的身材保持得极佳，更看不出来是个有妇之夫。

谢灵凌远远见到陈明煦后差点儿想要戳瞎自己的双眼，曾经的她被陈明煦的花言巧语迷惑，现在再看只觉得油腻万分。

一旁的周宛见谢灵凌一直不说话，便顺着她的目光看过去，只这一眼，周宛直接骂了一句脏话。

“这狗东西怎么也在这里？”周宛显然要比谢灵凌激动许多。

谢灵凌无所谓地笑笑：“当作没看到就行。”

这个世界说大也不大，再碰面很正常。当初周宛帮谢灵凌去过陈明煦所在的公司大闹，让他没了工作。如今，这件事在谢灵凌这里也算翻篇了。

谢灵凌现在是真的放下了。曾几何时，她经常会做噩梦，每每梦到那些难堪的过往，都会一身汗湿。而今她再也没有做过那种梦，她不用哭着醒来，也不会再责怪自己。

在那段感情中，她没有错，错的是欺骗她的渣男。

只不过，谢灵凌当作没有看到陈明煦，陈明煦却不是这么认为的。

音乐酒吧氛围感十足，音乐快结束的时候，陈明煦忽然侧头看到了坐在卡座里的谢灵凌。只一眼，他便认出了谢灵凌，她长得好看，即便是在人群中，也是最亮眼的那个。而现在的谢灵凌似乎又和之前不同了些，她嘴角带着笑意，随手拨了拨长发，介于成熟与清纯之间，别提有多吸引人了。

趁着谢灵凌去卫生间的时候，陈明煦堵在门口等她出来。

"好久不见，灵凌。"陈明煦脱了西装外套，身着白色衬衫，背脊靠在墙上。乍一看，他在这个昏暗不明的环境里倒是很吸引人。

谢灵凌并不打算理会陈明煦，她甚至连手也不打算洗，直接略过他准备离开。不料陈明煦一把抓住谢灵凌的手臂，低声对她说："怎么？老朋友见面，也不打个招呼？"

谢灵凌想要挣脱陈明煦，可男女体力悬殊，她知道，自己来硬的肯定会吃亏，所以慢慢地和陈明煦周旋："我们已经没有任何关系了，请你放开我。"

陈明煦当然不肯放好不容易再次到手的人，看着眼前散发着迷人气息的谢灵凌，他瞬间精虫上脑："我想你了，想到了我们以前恩爱的时光。"

如今回忆起那段往事，谢灵凌只觉得恶心。更恶心的是，她闻到陈明煦身上那股烟味夹杂着酒气再混合着浓烈香水的味道，她必须强忍着才让自己不作呕。

如今的谢灵凌已经不再是那个无知女孩，她笑了笑，道："再不放开我，你就不怕被你老婆看到吗？"

在外人面前，陈明煦一向反感听到有关他老婆的事情，他脸色一变："扫兴，提她做什么？"

陈明煦之所以不和他老婆离婚，主要的原因是他老婆家里有钱。他一个"凤凰男"，怎么舍得放开他老婆这棵摇钱树？当初那件事情过后，他甚至在他老婆面前再三发誓自己不会再乱来。他有花言巧语的本事，加上那副尚算不错的皮囊，总能把女孩子哄骗得团团转。

谢灵凌还是不达心底地笑，她看了眼陈明煦摘掉戒指的无名指，问他："你又打算欺骗哪个无知少女？"

她刚才看到陈明煦的面前坐着一个女孩子，那个女孩子看起来还很年轻。想当初，她也是被陈明煦花言巧语哄骗的。

"这怎么能是欺骗呢？顶多算是善意的谎言。"陈明煦扬眉，"当初跟我在一起的时候你不是挺开心的？"

谢灵凌双手握成拳，指甲几乎要嵌入掌心。是啊，当初的她还以为他们会结婚，甚至想过两个人的未来。她自嘲地说："是啊，是挺开心的。毕竟，你用从你老婆那里弄来的钱养我太辛苦了。"

陈明煦反手将谢灵凌推到墙边，抵着她："老实说，这两年我还真的没有忘记过你。"他说着身体靠近她，甚至故意用某处热源蹭了蹭她。

谢灵凌强忍着恶心，一面看着陈明煦，一面从包里摸手机。

卫生间离酒吧有一小段距离，这个时候她的身边没有其他人，也不好求救，可她不能坐以待毙。

谢灵凌了解陈明煦这个人，他是吃软不吃硬的性格，这个时候和他硬碰硬，吃亏的只会是她。于是她耐着性子和他周旋："我已经有男朋友了，咱们现在井水不犯河水。"

陈明煦却说："有男朋友又怎么了？有老婆又怎么了？几十年前的男人还是三妻四妾呢，怎么现在就不行？"

谢灵凌知道和陈明煦讲这些话纯属做无用功，她软声求他："放开我吧，我真的不想被你老婆找上门再甩一巴掌。"

陈明煦闻言，倒是有些心疼地看着她，他用指尖轻轻摸了摸她柔软的脸颊，说："我当初欺骗你，的确是我不对，但我对你的喜欢是真的，你感受得到，对吗？"

谢灵凌强忍着恶心，轻笑一声："是吗？"

陈明煦问："你呢？是不是恨过我？"

谢灵凌无语地沉默着。坦白说，她对他并没有过恨意，只有恶心。当得知他有妻子，当得知那一切都是谎言时，她有的只是恶心。

陈明煦却笑着说："你恨我，说明你心里有我。我们还是可以像以前一样……灵凌，其实我总是会想起你——"他说着缓缓地朝谢灵凌靠过去，下意识要去吻她的唇。

谢灵凌实在忍无可忍，抬起脚，直接用膝盖顶向陈明煦重点部位。

这一招的确奏效，很快陈明煦便痛得倒抽一口气，顺势退开。谢灵凌赶忙要逃，可陈明煦却眼明手快地再次抓住她的手腕，咬着牙，道："敢踢我？你找死，是不是？"

谢灵凌另外一只手还有活动的余地，她立即掏出手机，拨打周宛的电话。

陈明煦哪儿能容忍，他一巴掌就朝谢灵凌的脸颊扇了过去。

嗡的一声，天旋地转，谢灵凌只觉得自己眼冒金星，继而整个人摔倒在地上。唯一庆幸的是，她知道自己拨通了周宛的电话。

就如谢灵凌所预料的那样，陈明煦的确是吃软不吃硬的人，他的命根子被谢灵凌那么狠狠地来了一下，他也不想让谢灵凌好过。这个人的性格怕是早就已经扭曲，他在家中被妻子压了一头，在外面就无法容忍别人的轻视。

陈明煦今晚喝了一些酒，这会儿带着几分醉意，蹲下来一把抓住谢灵凌的头发。

刚才那个巴掌力道重，谢灵凌的脸上瞬间有了五指印。她整个人还是蒙的，耳膜里甚至还嗡嗡作响。这会儿，她被陈明煦抓住长发，像只小鸡崽似的提起来，半点儿挣扎反抗的力气都没有："放开我——救——"

陈明煦转而捂住谢灵凌的嘴巴，将她带进男卫生间里。

在酒吧的卫生间里可以发生任何事情，就好比刚才，有人从谢灵凌身边经过时，只以为她是在和男人打情骂俏。

没有人爱多管闲事，多的是事不关己，高高挂起。

进了男卫生间的隔间，陈明煦将门锁上，反过来将谢灵凌按在门上，一只手扒着她的衣服，一只手捂着她的嘴。

谢灵凌这次又想抬脚踢陈明煦，被按着头重重地撞了一下门。他哪会有什么情面可言，对她更不可能谈什么温柔。

谢灵凌的脑袋被撞得再次嗡嗡作响，她听到陈明煦说："踢坏了，等会儿怎么让你爽呢？"

她终于知道害怕，眼泪不由自主地往下落。可是，哭又有什么用呢？哭是这个世界上最没用的事情。

谢灵凌闭上眼，忽然想到了于晁，她多希望他这个时候能出现在她的身边。可这个世界上没有什么英雄，也不会有人在这个时候来救她。

陈明煦笑着亲吻谢灵凌的脸颊，嚣张地说："你乖乖的，等会儿就少吃点儿苦头。"

刺啦一声，谢灵凌肩上的衣服被撕开一道口子，酒吧里热，她晚上穿得并不多，只是一件薄薄的T恤。陈明煦的吻落在她的肩膀上，与其说是吻，不如说是咬。

谢灵凌的裙子轻而易举地被撩起，只差一点点。

也是在这个时候，谢灵凌听到外面有人在喊："圈圈，圈圈！"是于晁的声音。

谢灵凌以为自己产生了幻听，陈明煦却越发用力地捂着她的嘴，让她发不出一丁点儿的声音。

正在这时，那扇门被人用力一踢。厕所隔间的门本来就不艰固，被当过兵的人用力一踹，一下子就踹开了。

谢灵凌终于看到了眼前的人，除了她的于晁，还能是谁？

她根本来不及做什么思考，整个人已经被于晁拥入怀中。

于晁身上熟悉的气息让谢灵凌瞬间冷静了下来，她埋在他的怀里，感受到自己身上被披了一件温暖的外套。

"没事了，没事了。"于晁按着谢灵凌在自己的怀里轻声低哄。

谢灵凌有一脑袋的疑惑，为什么他会出现在这里？可她实在没有什么力气问出口。

事实上，今晚周宛所说的惊喜正是于晁。

于晁瞒着谢灵凌联系了周宛，偷偷来到了A市，本来是打算给谢灵凌一个惊喜的，可惊喜没有给成，却意外撞见她差点儿被人污辱。

刚才周宛没和谢灵凌一块儿来卫生间，见她去卫生间那么久不出来就觉得有些古怪。而她这通没头没尾的电话更是证实了周宛的猜想。

于晁二话没说就直奔卫生间的方向，幸好，幸好还不算晚，否则他会憎恨自己一辈子。

被于晁狠狠踹了一脚的陈明煦这会儿捂着肚子倒在马桶上，于晁撕了陈明煦的心都有，可他放不开怀里的谢灵凌，没有什么比谢灵凌更重要。

周宛晚一步到来，她哪会让陈明煦就这么逃跑，连忙让带来的人按住他。

“没事吧？”周宛着急地询问谢灵凌。

谢灵凌腿软，人在发抖，根本说不出话来。

于晁咬着牙替她回答：“报警。”

那天晚上做笔录，调监控，一直忙到深夜，最后，陈明煦被依法拘留，于晁带着谢灵凌去了周宛的住处。

回到周宛的住处之后，谢灵凌直接钻进了浴室，她连衣服都来不及脱，让冰冷的水冲洗着自己的身体。

脏，好脏，谢灵凌只觉得被陈明煦碰过的地方都是脏的，恨不得洗掉一层皮。

周宛见谢灵凌进浴室后迟迟不出来，她担心地进去，就见谢灵凌的背上有一道道抓痕。她连忙一把抱住谢灵凌："不要再抓了，你身上都抓出血了。"

"可是我好脏——"

镜子里，谢灵凌的肩膀上布满了吻痕和咬痕。她刚才很用力去洗，留下了一道道的红痕，却怎么都无法抹除这些痕迹。

一些冷水打在周宛的身上，周宛这才意识到谢灵凌浑身冰冷。她连忙打开热水，想让谢灵凌整个人温暖起来："不是你的错，不是你的错，我们让陈明煦这个人渣去坐牢，你不要这样，好不好？"

谢灵凌魔怔了似的，什么都听不进去，她仍旧一遍又一遍努力地洗着自己的身体。

周宛看着谢灵凌这样子，眼眶瞬间就红了，自责地抱着她说："我就不应该带你去酒吧，也不应该非要让你来A市，你在小县城好好地和于晁过着日子，都是我，都是我的错！"

听到"于晁"这两个字，谢灵凌忽然就冷静了下来。她怔怔地看着周宛，问："你说，于晁会觉得我脏吗？"

"怎么会呢？脏的是那个渣男，不是你啊！"

周宛最终用浴巾包裹住谢灵凌，将她从浴室带出来。

于晁就寸步不离地守在浴室的门口，他听到了刚才谢灵凌在浴室里所说的话，心疼得像搅在了一块儿。

谢灵凌一见到于晁就停住了脚步，可于晁不管，他拉住她，强行将她按在自己的怀里。谢灵凌挣扎着，于晁却软着声哄道："我们不是说好的，你不能再推开我。"

一旁的周宛默默地把空间让出来给他们，自己回了房间。她知道，有些事情即便是关系再好的朋友也帮不上忙。

而周宛也对于晁放心。

不多时，于晁将谢灵凌抱回了房间，很长时间里，他只是抱着她，什么话都不说。

他真的很了解她，知道这个时候说再多都比不上这么一个拥抱。的确，谢灵凌很快就在他温暖的怀抱中稳定了情绪。

任何一个人在遭受今晚这样的事情后都无法做到淡然处之。可谢灵凌已经很棒了，她在警察局的时候思路清晰，能一一回答警察的问话，不卑不亢，不急不躁。或许是回到了熟悉的地方，她紧绷着的那根弦终于断了，再也绷不住。

天开始微微亮，可谢灵凌始终没有睡着，她终于开口："于晁——"

于晁连忙回答："我在，我在。"

"谢谢你及时出现，还有周宛，因为你们，我并没有受到实质性的伤害。"

于晁心疼地摸了摸她脸上那个巴掌印，怎么可能没有受到伤害呢？她的脸到现在还肿着，身上还有乌青的痕迹。

无力感再次袭上心头，于晁很自责，自责自己总是不能第一时间保护她，上次是，这次也是。"都是我不好——"他的声音沙哑得仿佛被磨砂纸狠狠划过。

谢灵凌说："你很好，你是我见过的最好的男人。"

于晁眼眶泛红："我不是。"

谢灵凌又说："于晁，你能不能不要介意？他并没有侵犯到我——"

于晁的眼泪从眼角滑落，他用力地吻住谢灵凌的唇，堵着她的话：“傻瓜，你在说什么傻话？我怎么可能会——”

他怎么可能会介意，怎么可能会觉得她脏？这个他爱到肺腑的女人无论是什么模样，他都不可能会有那样的想法。什么是干净？什么是纯洁？

于晁一遍又一遍地亲吻谢灵凌的唇：“你没有任何错，脏的是那个男人，只要你一句话，我拼死也要将那个人送到牢里。”

谢灵凌颤着声道：“我不想放过他，我要告他，我要让他坐牢。”

“好，无论你要做什么，我都会陪着你。”

那时候，于晁甚至产生过一些不理智的想法，幸好谢灵凌比他理智。

谢灵凌相信，法律会帮她惩罚那个男人，虽然过程可能比较麻烦，但她并不在乎，只要能够将对方绳之以法。

再后来，谢灵凌继续在A市待了两天，配合公安调查，然后她便和于晁一起回了小县城。

于晁这次来本来想和谢灵凌一起同游A市，和她一起逛逛她曾经生活工作过的地方，即便那些地方他都去过，可现在她显然并没有心情，他也并不强求。

这是谢灵凌第一次和于晁乘坐高铁，两个人买了相邻的座位。以往谢灵凌出门在外都是独自乘车，她并没有在座位上睡觉的习惯，因为总缺乏安全感。可这次不同，许是接连几天她都没有睡好觉，又或许是有于晁在身旁，她渐渐泛起困意。

于晁伸手将谢灵凌揽在怀里，像哄孩子似的拍拍她：“睡一觉吧，到了，我叫你。”

谢灵凌点点头，伸手圈住于晁的腰，在他的怀里很快睡着。

这几天，有于晁在身边忙前忙后，谢灵凌真的很安心。其间，陈明煦的老婆来找过谢灵凌，道歉并祈求她不要告陈明煦。

谢灵凌接受了陈明煦老婆的道歉，她并不想为难一个女人，可她并没有同意取消告陈明煦这件事。

法律宣判的流程可能还需要一段时间，可谢灵凌并不介意多跑几趟。

再次回到小县城，谢灵凌只觉得在A市的那些纷纷扰扰都被抛到了九霄云外，她被于晁牵着手，安稳地穿过人行道。她听到于晁温柔地问她："晚上想吃点儿什么？我们一起去买菜吧。"

谢灵凌终于有了一种踏实感，有他在身边的感觉真好。

第十二章 平安回来

“说好的，一定要平安回来，每次都要平安回来。”

回到小县城后，谢灵凌和于晁都心照不宣地不再提那些晦气的事。他们继续过着他们的小日子，不再被外界叨扰。

10月的小县城，夏天正式落幕，换上了金黄色的秋装。这里的春夏秋冬交替不算明显，经常是从夏天一下子横跨到冬天，又或者一天能够感觉到四季的变化。

人行道两旁的梧桐树落下爱心形状的树叶，于晁心血来潮捡了好几片献宝似的给谢灵凌看。

高中的时候，学校里也种了不少梧桐树，那时候于晁打球累了就会坐在一棵梧桐树底下随手捡起一片爱心形状的叶子，透过叶子上被虫咬过的小空隙望向不远处的谢灵凌。

于晁难得又腼腆起来，说："圈圈，你看，满树的爱心。"

谢灵凌接过于晁递过来的爱心树叶，一脸宠溺地看着他："喂，还要不要去参加我弟弟的婚礼了？"

于晁牵着谢灵凌的手说："走走走，马上走。"真好，他现在不用再透过树叶空隙悄悄望向自己喜欢的女孩子，而是牢牢牵着她的手。

今天是谢灵凌的弟弟谢英勋的婚礼。

说起来，这是谢灵凌长这么大第一次正儿八经地参加婚礼。

婚礼的地点在小县城的一家酒店，也算当地规格最高的酒店了。

谢灵凌作为男方的家人，又是亲姐姐，自然是要给弟媳包红包的。她今天特地打扮一番，一大早起床忙活了两个小时。

于晁难得见谢灵凌起这么早，他晨跑回来靠在卧室门框上看着正在化妆的她，就想，要是结婚的是他们两个人，那该有多好。他想结婚，特别特别想。

国庆的天气结婚是最好不过的，这时候不太冷，也不太热，新娘穿婚纱好看。

谢灵凌还是第一次见弟弟谢英勋穿西装的样子，忽然有些感慨，这臭小子长大了呀！都要结婚了！这么想着，她的眼眶莫名就湿了。后来在婚礼现场，谢灵凌更是哭得稀里哗啦。她绝对不算爱哭的人，可随着年龄增长，内心似乎变得更加敏感，尤其是在如此温馨的场合。许是到了这个年纪，她更明白结婚的意义。

“……先生，当你的手牵定她的手，从这一刻起，无论贫穷和富贵，健康和疾病，你都将关心她，呵护她，珍惜她，保护她，理解她，尊重她，照顾她，谦让她，陪伴她，一生一世，直到永远，你愿意吗？”

主持人的串场词一看就是网络摘抄，明明这种话语早在电影里看了无数次，可真的在现场见到一对新人一脸羞涩且真诚地看着对方时，谢灵凌的内心还是被打动了。原来这种感动根本不需要演绎，美好的艺术来源于生活。

站在谢灵凌身旁的于晁悄悄伸手环住她的肩膀，让她半个身子依偎在自己的怀里。

于晁的陪伴总是润物细无声，末了，他低头轻轻吻了吻谢灵凌的头发，低声安抚：“傻瓜，辛辛苦苦化了一早上的妆，都要哭花了。”

谢灵凌抬起头，一双红通通的眼睛看着于晁：“你快帮我看看睫毛膏有没有花？”

于晁低头端详着谢灵凌的脸，忽然在大庭广众之下亲了一下她的眼皮。

谢灵凌紧张得掐了他一把，好在大家的注意力都在台上的一对新人身上，根本没人注意到他们。

小小县城的这场婚礼绝对算不上别开生面，却见证了一对新人携手走向下一段人生旅程。在这里，人们的日子或许没有所谓的轰轰烈烈，但有的是细水长流，或许没有大富大贵，但多数人都安于平淡的现状。

事实上，生活嘛，平平淡淡才是真。

婚礼结束之后，谢灵凌和于晁慢悠悠地步行在小县城的街头。这里的街道上没有繁华的高楼大厦，但有每个人都离不开的柴米油盐酱醋茶。

下午，于晁并没有工作，却因为一个突然的电话不得不立即赶赴前线支援。

谢灵凌现在早已经适应了于晁的工作，却还是免不了有些担心。她叮嘱他：“你自己一定要小心哦，我有些私心，不希望你什么事情都第一个冲在前头。”

于晁点点头，伸手摸摸她的脸颊，笑着说：“抱歉了，今天不能陪你逛街。”

谢灵凌撇撇嘴：“无所谓啦，你快去快回哦。”

“嗯。”

看着于晁离去的背影，谢灵凌心里有着说不出的失落。刚参加完婚礼，她的内心竟变得十分柔软，甚至在某个时刻也想过，如果和于晁结婚的话，她的生活又该发生什么样的变化呢？

在生活上，于晁应该会迁就她吧。他的性格对待别人也几乎都是百依百顺，她至今从没有见过于晁发脾气。只要他在家里，他就几乎会包揽所有的家务活儿。和他在一起的时候，她从来不用担心明天要吃什么，因为他总会妥善地安排。

于晁这次出任务去的是外地，抗洪救灾。

一开始，谢灵凌倒没当一回事，总觉得他是和平时一样上班下班。可到了傍晚，有关洪灾的新闻在各个资讯App里弹出，她才意识到事情的严重性。

据说，这一次百年难遇的洪水几乎将B市半个城市淹没，导致交通瘫痪，通信不便。

谢灵凌拿出手机，果然无法拨通于晁的电话。渐渐地，她的一颗心高高悬着，莫名地不安。

“洪涝灾害已造成10人遇难……”

“各地支援纷纷前往B市……”

“雨情汛情降雨总量大、雨强极值高……”

谢灵凌独自一人在家里刷着消息，无时无刻不在担心于晁。

正在出任务的于晁自然也不可能联系谢灵凌。

雨还在下，各地的支援纷纷赶赴洪灾地点。记者冒着大雨发来有关前线的报道，人民子弟兵和消防员救灾的画面在镜头里一晃而过。他们的身影看起来是那么不起眼，却承载着无限的希望。

谢灵凌一直守在电视机前看着相关新闻，她知道自己帮不上任何一点儿忙，除了无用的担心。她只知道，她的英雄于晁也在那看似不起眼的人堆里。

谢灵凌忽然想起，去年高中毕业十周年同学会的时候，她听到同学们夸赞于晁是个英雄。那时候的她对此毫无感觉，甚至还觉得有几分夸张。现在她却不由自主地去搜索相关的新闻报道。

就在一年前，于晁参加了一次爆炸救援行动。在那场救援当中，各地来支援的消防队伍中不幸有两名年轻的消防员牺牲。于晁也几乎是在鬼门关走了一遭，留下了手臂上的烫伤。

而不久前，于晁的双手也被烫伤过。

于晁总说自己是运气好，可运气哪里会时时刻刻都降临在他的身上?

一年前的那场爆炸，新闻很轰动，谢灵凌也终于得知，那次爆炸的起因是一个小小的烟头。

她忽然想起，于晁有一次劝过她戒烟，他说抽烟对身体不好，见她不在意，又搬出了他自己。

他曾说："每年因为香烟引起的火灾就有将近两万起，相当于每天有约50起火灾是因为香烟。"

谢灵凌顿时心有余悸，脊背一阵阵发凉。她连忙打开抽屉，将里面的半包烟拿出来扔进了垃圾桶。

也是从这一天开始，原本烟瘾也不算大的谢灵凌彻底戒了烟。她想，不管未来的日子有多难熬，她都不会再抽烟了。

整整七十二个小时过去，谢灵凌终于接到了于晁的电话，这一刻，她那颗悬着的心终于可以暂时落地。

于晁的声音听起来十分疲惫，他对谢灵凌说："乖啊，不用担心我。”太累了，他的声音比平时更多了一分沙哑，听着很有磁性，却也让人心疼。

谢灵凌着急地询问：“你什么时候能够回来？”

于晁说：“快的话两天，慢的话一周。”

“一定要照顾好自己！”

“嗯，我会的。你也是，记得按时吃饭。”

“于晁！”谢灵凌急急地喊他的名字，她有预感这通电话不会持续太久，忍不住说，“我好想你。”

“圈圈，我也想你。”

这通电话持续的时间只有三十几秒，于晁因为需要工作，不能说太多。

那几乎是谢灵凌觉得最难熬的两天，她吃不下饭，也睡不着，心里的担忧随着他离开的时间一点点增加，虽然知道前线的情况不算危险，可她的焦虑不减一分。

在于晁离开的第七天，这天晚上，谢灵凌恍惚间听到了敲门声。门外甚至响起了于晁的声音：“圈圈，开门。”

谢灵凌以为自己是幻听，可即便是幻听，她也狂奔着跑去开门。

门一开，外头站着一个被晒得黢黑的男人，他咧着嘴笑，一双清澈明亮的眼睛笑盈盈地看着谢灵凌，一个胳膊下面夹着一顶帽子，另外一只手上提着一些水果。

于晁朝呆怔的谢灵凌眨眨眼，消瘦的脸上带着几分不羁感，说：“怎么？不认识你男朋友了？”

谢灵凌终于反应过来眼前的一切不是幻觉，她不由分说直接冲进了于晁的怀里，紧紧抱着自己日思夜想的人。

于晁笑着拍拍谢灵凌的后背，说："我身上脏。"

"不脏的！"

于晁扔掉了自己手上的帽子和水果，直接单手将谢灵凌抱了起来。他让她坐在玄关处的鞋柜上，视线与她平齐，认真地问她："很想我啊？"这还是他第一次见到谢灵凌这么担心他的样子，让他的心里感到异常满足。

谢灵凌点点头，伸手去拽于晁的衣襟："我想抱抱你。"

"嗯，抱吧。"

"不想分开。"

"好，只要你不松手，你想抱多久都可以。"

他抱着她一起去了浴室，打开莲蓬头，让温暖的水流冲刷彼此的身体。

不过也就一周的时间，于晁瘦了整整十斤，可见前线有多辛苦。他本就不胖，现在身上的线条更加明晰硬朗。

谢灵凌伸手去脱于晁的衣服，被他嬉笑着按住手："我现在没有什么力气。"

"滚啦！"谢灵凌拍开于晁的手，她只不过是好心想帮他洗澡。

于晁几乎被水泡了一周，除了脸上被晒黑，脚心的皮肤到现在都还是皱的。

谢灵凌心疼地摸摸于晁的脸，问他："是不是很累？"

于晁说："回来的路上睡过一觉了，现在不累。"他说着掐了一把她的脸，没好气地看着她道，"我好不容易把你养胖了一点儿，这才几天不见，你脸上的肉肉呢？"

谢灵凌鼓鼓腮帮，含混不清地说："这儿呀。"

于晁的手转而扶住谢灵凌的后脑勺，他低头吻住她的唇，本不想招惹她的，可是实在忍不住。一进门看到她一脸担心的焦急模样，他那颗心就被填得满满的。

一如既往地甜美，他的舌尖撬开她的唇齿，如鱼得水一般疯狂地吮吸。

末了，于晁扶着谢灵凌的后颈，与她额头抵着额头。温暖的水流从他们两人头顶上方落下，在下巴处交汇。

他用鼻尖蹭了蹭她的鼻尖，亲昵地说："不用担心，我一定会平安回来的。"

"说好的，一定要平安回来，每次都要平安回来。"

"嗯，我答应你。"

* * *

小县城的秋天转瞬即逝，很快步入了冬天。

谢灵凌在年前再次见到了于晁的母亲周翠然。她上一次见到于晁母亲的场景至今仍不能忘，还记得那次和于晁约，可是他半途接到了任务。

如今再回想起来，谢灵凌只觉得很感慨。当时的她对于于晁突然出任务一事毫无感觉，她并不觉得他的工作有什么危险，也不会有任何忧愁、顾虑。可现在不同了，每当于晁有任务，她的心都会下意识提起。她很怕，怕他会遇到危险。

今年国庆前夕，于晁带着谢灵凌去了一趟乡下，提前征求了她的意见，得到同意之后才带她去见自己的母亲。乡下其实也不远，从县城开车过去只要半个多小时。

一路上的风景自然优美，盘山公路两旁种着梧桐树，像自然杂志里面的大片。谢灵凌虽然从小到大一直住在县城里，但在县城附近的乡下也有亲戚，小时候亲戚走得勤，她经常会往山上跑，但长大了之后就少了。

于晁的母亲周翠然退休之后就一直住在乡下，她独居，在乡下的篱笆院里养了一些花、种了一些菜，时不时地还会来县城一趟，给于晁带一些亲自种的红薯、白菜等东西。

谢灵凌来到周翠然的住处之后就惊呆了。

小小的篱笆院被周翠然打理得井井有条，里面有爬满了整个墙壁的爬山虎、围着篱笆的一圈小雏菊，还有各种瓜果蔬菜。

可以想象，周翠然一定是一个非常热爱生活的人。

那天周翠然见到谢灵凌后，给她包了一个红包。在当地有这么一个习俗，男方带女孩子到家里的时候，这算一份见面礼。

那也是于晁第一次带女孩子回家，周翠然准备的红包厚厚的一沓。谢灵凌不收不合适，礼尚往来，她用这笔钱给于晁买了一条十二生肖本命佛手链。

于晁不信神佛，从来不爱佩戴首饰，但是谢灵凌送的，他宝贝得很。除了出任务和训练外，他都会将这条佛手链戴在手腕上，没事的时候就把玩一下，有时候会摘下来套在谢灵凌的腕上玩。

这次周翠然来于晁的住处提前打过招呼，怕的就是谢灵凌会因为她的到来感觉不自在。

周翠然依旧带来了一些亲自种的瓜果蔬菜，她说自己年纪大了就爱瞎弄，自己种的蔬菜吃不完，又怕浪费，趁着来县城赶集顺便送过来。

周翠然绝对不会刻意多逗留，也从未抱着考验谢灵凌的心态和她谈话。

有时候谢灵凌莫名其妙开始幻想，如果她真的嫁给了于晁，至少在婆媳相处这件事上不用担心。因为周翠然并不是那种会斤斤计较的女人，相反，她特别有分寸感。

其实去年年末那会儿周翠然不打一声招呼就来于晁家里送菜巧遇谢灵凌，当时她的心里就觉得很过意不去。

孩子大了就要有自己的空间，她一个老妈子隔三岔五地就过来打扰人家算怎么回事？所以从那以后，周翠然就鲜少再来于晁的住处了。

为此，谢灵凌反倒有些过意不去，她觉得自己好像霸占了于晁。

于晁对谢灵凌说："我爸走了这么多年，我妈一个人也习惯了。我有时候去她那里，她还会嫌我麻烦呢。"

谢灵凌想想觉得很感慨："你妈比我想象中要厉害。"

"怎么说？"

"她一个人承受丧夫之痛，现在独自一人生活在农村，她一定经受了很多我们不能想象的痛苦吧。"

于晁点点头："是的，我爸刚走那会儿，我妈几乎整天以泪洗面。我也是那个时候才知道，原来书中所说的一夜白头都是真的。"

"你父母一定很恩爱吧。"都说原生家庭会影响一个人的一生，谢灵凌从于晁的身上好像能够看到他的家庭给他带来的浓浓关爱，这也才使得他如此体贴。

于晁说："我爸还在世的时候对我妈那黏糊劲啊，都老夫老妻了，还跟新婚宴尔似的。反正从我有记忆起，他们两个人几乎从没有吵过架，偶尔意见不合斗斗嘴，妥协的那个人一定是我爸。”

“真好啊。”在谢灵凌的印象当中，她的父母似乎没有一天不争吵。

谢灵凌没有顾虑地在于晁面前说起自己家里那些乱七八糟的琐事：“我以前一直以为每个人的家里都会有一个好吃懒做的爸爸，一直到同桌告诉我，她家里一直都是她的爸爸做饭，当时的我真的很惊讶。”

于晁抱了抱谢灵凌，对她说：“我们不说这些了，好不好？你每次提到这些都好像要哭，我看着心里很难受。”

谢灵凌反驳：“我才没有要哭呢。”

于晁对谢灵凌说：“见不得你哭，也不想看你哭。”看她哭，他心里就纠成一块儿，带着刺痛。

这里的冬天一般都不会下雪，偶尔落一些雪粒，都能在微信朋友圈引发各种海啸。但这里的冬天冷也是真的，不仅冷，还湿湿的、潮潮的。

于晁担心大冬天谢灵凌再骑小电驴去花店会太冷，早早地就和她换了交通工具。现在他上下班骑粉红色的小电驴，谢灵凌则开他的车。

不过，谢灵凌车技不太好，每次最头疼的事情就是侧方停车、倒车入库。用她的话说，能开车上路就是她最大的本事了。很奇怪，当初考驾照的时候，她明明也都会，可一出驾校，这些知识仿佛都还给了驾校老师。

为此，于晁特地拉着谢灵凌回炉重造，花了整整两天的时间重新教会她侧方停车和倒车入库。

于晁总是很有耐心，谢灵凌一遍学不会，他就教第二遍，她十遍学不会，他就教第十一遍。最后没耐心的那个人反倒成了谢灵凌，她破罐破摔道：“我不开车了！”

于晁笑着抱抱她，站在车旁继续指导：“对，方向盘向右打三分之一，看着后视镜。”

谢灵凌最终一把入库，她惊喜地看着于晁：“哇！我做到了！”

“是不是很简单？一点儿也不难？”

“嗯！”

下雨在南方的冬天不是什么稀罕的事情，有时候甚至可以连绵不断下个把月，今年的冬天尤其如此。这场雨断断续续，一直持续了整个正月。

这个正月谢灵凌的花店几乎没有什么生意，但运气好的是，她接到了几个婚庆的车队装饰。

布置婚车是个挺不错的活儿，尤其在正月，几乎天天都是好日子，天天都有活儿。更棒的是，每天只要忙上半天，到了下午就基本没有什么事干了。

谢灵凌这个花店虽然看着好像不起眼，但这一年的收入比她自己预估的要好很多。

好不容易晴朗了两天，今天又开始下雨。下雨意味着没有什么人会来买花，于是谢灵凌大中午的便关了店门，开车准备回家。不幸的是，因为雨天路滑，她在转弯的时候撞上了一辆电瓶车。

说起来，那辆电瓶车是突然横穿马路，让谢灵凌猝不及防。

雨天的十字路口，电瓶车倒地，那人干脆坐在地上不起来了。

谢灵凌连忙下了车查看对方的伤势。

这是个中年妇女，她穿着雨衣，坐在地上嗷嗷叫着：“疼死我了……哎哟喂，我的腿好疼。”

谢灵凌撑着伞蹲下身，想搀扶对方起来，岂料对方把谢灵凌的手一推，大声道：“你可不要想耍赖！你要赔偿！你要带我去医院做全身检查！赔我误工费！”

谢灵凌哪里见过这种阵仗？她安抚道：“该赔偿的我都会赔偿，要不然我们先到一边去，不要妨碍交通，好吗？”

后面已经有车辆在按喇叭，本来道路也不算宽敞，一辆车横在路当中，很快就会造成拥堵。那位妇女却说什么都不肯起来，谢灵凌有些慌。

不知如何是好，谢灵凌拿出手机，下意识给于晁打了个电话。

电话那头，于晁对谢灵凌说：“我马上过去，最多十分钟，你不要着急。”

谢灵凌说：“后面的车一直在按喇叭，我看那个大妈也没什么问题，但她就是不肯起来。”

“乖，你先把车开到一旁停着，大妈的事情，你先别管。我现在打交警电话。”

谢灵凌这才知道原来还要拨打交警电话。

于晁对她说：“外面雨大，你撑着伞注意不要淋湿了。”

挂断电话不过十分钟，于晁果然出现在了谢灵凌的视线当中。他比交警来得还要快一些。

谢灵凌按照于晁的吩咐早已经把车停在了一旁，她这会儿正拿着伞帮坐在地上的那位妇人撑着。

于晁来了之后先是拉着谢灵凌回到了车上，问她：“是不是吓坏了？”

在于晁来之前，谢灵凌的确有些六神无主，可他一出现，她整颗心就稳了下来。

于晁扯了张纸巾擦了擦谢灵凌潮湿的头发，对她说：“外面的事情都交给我处理，你在车上等着我，一会儿就好。”

谢灵凌知道，只要于晁在，她就不用操心任何事情。

后来果然如于晁所说，不过几分钟的工夫，那位原本坐在地上怎么都不肯起来的大妈就扶着电瓶车站了起来。

不久，交警到场，确定了事故的责任方后，让于晁签了字。

谢灵凌坐在车上，看着雨帘中的于晁耐心、和煦地处理眼前杂乱无章的一切，忽然就觉得有这人在自己的身边真好。

处理完交通事故之后，于晁开车载谢灵凌回家。

今天于晁休息，他中午特地去菜市场买了一些肥美的大闸蟹。他本来想着做好午饭打包后送到花店给谢灵凌吃，现在正好，她和他一起回家刚好吃点儿热乎的。

厨房里的大闸蟹被放在水池里洗了一半，两个人回来的时候有一只大闸蟹竟然挣脱了绳子，在地上横行霸道。

于晁弯腰徒手将那只大闸蟹捉了回来，转头吩咐谢灵凌：“你先去换一件衣服，等我把这几只大闸蟹蒸了，我们就吃午饭。”他说着还拿着那只大闸蟹在谢灵凌的面前晃了晃。

谢灵凌吓得往后瑟缩了一下，笑于晁幼稚鬼。

于晁把大闸蟹放回了水池里，开始忙活两个人的午饭。

这场雨和意外让谢灵凌浑身冰冷，她顺便就去洗了个舒舒服服的热水澡。

谢灵凌洗完澡出来的时候，屋子里已经弥漫起了浓浓的饭菜香。她穿着毛茸茸的睡衣，脚上踩着毛茸茸的拖鞋，下意识地往厨房的方向走去。

于晁正在忙着善后的工作，微微躬着身子用抹布擦拭台面。

谢灵凌看着身穿围裙的高大男人挤在厨房里忙前忙后，走过去从背后圈住他的腰。

于晁侧头用自己的脸颊蹭了蹭谢灵凌的额头，问她："饿了吧？"

"还好。"

"饭菜马上就好了，你要是饿了，先夹菜吃。"

"不，要和你一起吃。"

于晁终于还是忍不住转过身，拥着谢灵凌深深地亲吻。

最后谢灵凌推他："锅里的菜要焦了。"

于晁笑得痞痞的："放心，有我在，焦不了。"

谢灵凌退开一些，继续看着于晁忙，他动作细致，炒菜的时候顺便会拿抹布将灶台上的油渍擦拭干净，所以厨房里一直都是干干净净的。

这么一个男人，好像打着灯笼都难找。谢灵凌忽然心血来潮地问："于晁，要不然咱们结婚吧？"

于晁转过头来，他手上还拿着抹布，有些不确定地问谢灵凌："你说什么？"

谢灵凌回过神，面上一热，立即反悔："我什么都没说！"

"我听到了。"于晁将手上的抹布往台面上一放，大步朝谢灵凌走过来，脸上带着兴奋的喜悦。

谢灵凌看着于晁这副气势汹汹的样子，问："你要干吗？"

"走，去领证。"

“不行！我饿了！”

“行，那吃了饭就去领证！”

当天下午，于晁就拉着谢灵凌去了民政局。

* * *

2012年1月31日，结婚，就这么结婚了，谢灵凌不敢置信地看着自己手上鲜艳的结婚证。正月初九，在毫无征兆、毫无准备的情况下，她就这么和于晁领了结婚证，他们成了名正言顺的夫妻。

整个过程真的太快、太顺利了。他们两个人到民政局的时候，里面甚至没有什么人。工作人员告诉他们，小县城里人本来就不多，大多数的人一大早就来领证了，下午来的人反倒不多。

所以没有任何等待和排队，谢灵凌和于晁在大厅里填写了资料，拍了照片，前后似乎不过五分钟的时间，被盖了钢印的结婚证就交到了他们的手中。

曾经，谢灵凌无比抗拒结婚，现在她就这么简单地成了人妇。她侧头看了眼旁边傻乎乎笑着的男人，忽然觉得结婚似乎也没有那么可怕。

这个世界上，真的有这么一个人让她忘记了世俗的烦恼，忘记了现实的可怕。

谢灵凌才刚刚反应过来，手上的结婚证都还没有焐热乎，于晁就将车停在了商场的地下停车场。他绕过来打开副驾驶位的车门，牵着她下车。

虽然结婚这件事看似突然，但于晁要给谢灵凌的东西一样也不会少，第一件事情是要去买一枚钻戒。电视上说，每个女人这辈子都要有一枚钻戒。

于晁目标明确而又清晰，他牵着谢灵凌的手，直奔商场最有名的一家珠宝店。

谢灵凌明白过来于晁的意图，拉住他的手，停下脚步："你要给我买钻戒吗？"

于晁腼腆地笑了一下，点点头。他算是发现了，自己在她面前完全没有秘密可言。

谢灵凌说："我不要钻戒。"

"啊？"

"你知道我大学是学什么的吗？金融。钻石是二十一世纪最大的骗局，是资本家为了圈钱营销出来的，有这个钱去买钻戒，还不如买黄金，更保值。"

"黄金吗？那你要多少黄金？要多少我给你买多少，行吗？"于晁一脸憨憨的样子，看得谢灵凌一笑。他有时候看起来真的很傻，却又让她无条件地喜欢。

谢灵凌想了想，既然结婚了，那有些仪式感也不能少。他们两个人之间没有什么定情信物，去买一对金戒指是挺有必要的。

"走，我带你去一个地方。"谢灵凌说着便拉着于晁的手走出商场，七拐八拐地，她带着他来到了一家门面不算大的打金店。

店面很小，装修看起来也破破烂烂的，门口就挂了三个大大的红字：打金店。

于晁整个人都蒙了，他怔怔地看着谢灵凌，问她："真要在这里买吗？"他的意思再明显不过，还是换一家店吧。

谢灵凌却一脸的肯定："对，在这里买！"

于晁扯扯谢灵凌的袖子："我们还是去品牌店吧，有保障。

万一买到假的怎么办？”

“不用怕，一样的，都是纯金。而且品牌店还存在品牌溢价，在这里就是纯黄金价加一点儿手工费，划算很多。”

谢灵凌带于晁来的是一家在小县城里开了二十多年的打金店，虽然看着门店不大，但是是正规合法经营。

于晁一直以为谢灵凌从来不会关心柴米油盐，可现在看来，她是一个非常会过日子的人。

挑选完金戒指的款式之后，还要等两天才能来取，因为师傅要花一点儿时间纯手工制作。

后来，于晁收到那枚纯金的戒指戴在手上就再也没有摘下来过。也就是一个普普通通的素圈，他的双手虽然受过伤，但是骨节分明，戴着特别好看。

那天，两人回到车上的时候，于晁显得有些沉默。他专注开着车，侧脸的线条流畅。

一直到回了家，于晁的兴致都没有像之前那么高涨。

谢灵凌看出端倪，问他：“大喜的日子，你怎么看起来不开心啊？”

于晁轻轻叹息，他抱着谢灵凌让她坐在自己的腿上，亲了亲她，由衷地说：“总觉得你嫁给我是委屈了你。我就这么把你娶到手了，却什么东西都没能给你。”

他说着起身，去房间里翻箱倒柜地拿出一沓东西，继而半蹲在谢灵凌的面前，一一地把东西交给她：“这是我的存折，是我当兵及工作这十几年存下来的。”

谢灵凌震惊地数着存折上面的数字：“哇！你怎么有这么

多钱！”

于晁有些不好意思地摸摸脑袋：“也没什么开销的地方，之前在部队的时候存了一些，后来工作之后也都存着，不知不觉就存了这么些。”

这些钱虽然不能说让他们后半辈子衣食无忧，可在这个小小的县城生活，还是非常经得起花的。

于晁一不抽烟二不喝酒，自己有住房，在消防队里有三餐提供，一年到头买衣服的次数也屈指可数。

后来谢灵凌才意识到，于晁真的是一个很适合过日子的人，和他在一起的踏实感是任何人都无法比的。

于晁拿出房产证，对谢灵凌说：“明天早上，我们去房管局，把你的名字加在上面。虽然我们现在住的这套房子有点儿老旧，但还算值钱，以后孩子读书也方便，幼儿园、小学、初中出门就是。”

这房子是于晁的父亲留给他的，当时家里虽然没有什么积蓄，但他父亲坚决不卖房。

于晁又拿出车本：“车不值钱，是我之前买的二手车，就是用来上班代步的。不过，我们可以把这辆车卖了，置换一辆新的。”

谢灵凌说：“我觉得这辆车挺好开的呀，不用换新的。”

于晁把自己手上的东西交到谢灵凌的手上，说：“都听你的，以后这个家里都听你的！”

谢灵凌没有扭捏，倒真有点儿要当家做主的意思，接过那些东西之后又问于晁：“从实招来，你还存有什么私房钱吗？”

于晁贼兮兮地笑了一下，说：“身上还有几十块钱。”

谢灵凌一副瞧不上那些小芝麻的样子，说：“那些给你当零花钱好了。”

于晁起身在谢灵凌的脸上用力亲了一下，说：“谢谢老婆大人！”

两人虽然在一起一年了，可于晁几乎没有用“老婆”的称呼叫过谢灵凌，同样，谢灵凌也觉得喊对方“老公”特别不自在。可这个时候，她忍不住抿着唇笑了一下，尝试着喊了他一声：“老公。”

于晁第一次听谢灵凌这么称呼自己，浑身起了鸡皮疙瘩，忍不住说：“你再叫一遍？”

谢灵凌脸红：“滚。”

于晁晃了晃她：“老婆……”

谢灵凌躲开脸：“……老公。”

于晁高兴地在谢灵凌的脸颊上用力啄了一口，像个没心没肺的大男孩。

既然于晁把自己的家底都拿出来了，谢灵凌也没有藏着掖着的必要，她对于晁说：“我手头上也有一些钱，本来是想着在这里买一套房的。”

于晁说：“如果你想买房的话，就用我那张卡，你的钱都留着。”

谢灵凌有些犹豫：“但我觉得在这里住着也挺好的呀。”

“那就暂时把这里当我们的婚房？”

“嗯！”

于晁脸上的笑容是阳光的，也是幸福的，他攥着谢灵凌的手，与她十指紧扣，问她：“婚礼你想什么时候举办？要订喜糖、拍婚纱照、去度蜜月。”

谢灵凌一个头两个大："怎么结婚那么麻烦呀——"

"不麻烦不麻烦，怎么能麻烦老婆大人呢？"于晁像只大狗狗似的在谢灵凌面前卖乖，"这些事情都让老公去办，老婆只负责当个漂漂亮亮的新娘子就行。"

谢灵凌点点头，主动伸手圈住于晁的脖颈，问他："说了那么多，现在是不是要送入洞房了？"

于晁扑哧一笑，直接将谢灵凌打横抱起，傲娇地说："老婆说什么就是什么！"

"欸！我开玩笑的！"

"我可从来不跟你开玩笑。"

结婚的事情没有想过隐瞒，只不过婚礼谢灵凌是真不想办。她这个人嫌麻烦，之前参加弟弟的婚礼看到他被灌得酩酊大醉，一想到自己结婚的时候也要端着酒杯一桌桌地敬酒，就头疼。于是两家长辈在酒店就订了两桌，一起吃了一顿饭。

当天于晁一身笔挺的西装，谢灵凌则穿了一件红色的旗袍。两个人站在一起郎才女貌，倒是无比般配。

对于于晁这个女婿，谢家无疑是满意的。虽然谢灵凌先斩后奏，可有于晁出面，人情世故的事情，他都能轻易摆平。

至于谢灵凌这个儿媳妇，于家也没有半点儿不满。于家人一向崇尚民主，况且这还是于晁喜欢了十几年的女孩子。

只不过，一向嗜酒如命的谢温韦到底还是拉着女婿于晁多喝了几杯。谢灵凌想阻拦于晁，但于晁贴在她的耳边小声哄道："就这一次，得让老丈人开心。"

谢灵凌讨厌男人喝酒，非常讨厌。可那天谢温韦并没有发酒疯，不仅如此，他还泪如雨下，带着醉意拉着于晁的手说：“我这个女儿从小就和我不亲近，我对她的好，她从来不记得，只记得我对她那些不好。你说，我又不是圣人，难免会有犯错的时候……”

于晁西装笔挺地坐在一旁，两颊红红的。他没有忘记自己当初见过谢温韦扇谢灵凌的那一巴掌，说不讨厌谢温韦是假，可成了一家人，他做晚辈的就要有晚辈的礼数。

不料，谢温韦自己主动提起了那件事：“……我打她，我也不是故意的，酒喝多了，后来就后悔了。这丫头一直嘴硬，她跟我服个软，就什么事都没了……”

谢灵凌根本不想听谢温韦说这些话，可包间里就这么大点儿地方，她不想听也听到了。

弟弟谢英勋站在一旁轻轻地拍拍姐姐的肩膀，一双眼睛红红的。

谢灵凌笑着问谢英勋：“你哭什么？”

谢英勋吸了吸鼻子，声音带着哭腔：“姐，要是以后姐夫敢欺负你，我一定第一个不饶他！”

从一开始谢灵凌就没想过自己今天会哭，可她最后还是哭了。她抬头望着天花板，企图让眼泪倒流回去。

一旁的母亲却添油加醋道：“灵凌，你嫁了个好男人，妈妈就放心了。”

谢灵凌再也忍不住，泪水顿时决堤。

那天，是谢灵凌第一次，也是最后一次看到于晁喝醉酒。

喝醉酒的于晁特别乖，他拉着谢灵凌的手，生怕她会跑掉似的紧紧攥着。回去的路上，他的嘴巴一直喋喋不休：“圈圈，我今天喝酒了，你会不会不开心啊？”

谢灵凌故意道：“你还知道我会不开心？”

于晁一脸委屈：“陪老丈人喝一点儿，讨他欢心，以后就是一家人了。”

谢灵凌说：“你用得着讨他欢心吗？”

“当然要呀，他毕竟是你的爸爸，以后也是我的爸爸了。”于晁说着在谢灵凌的怀里拱了拱，“老婆，我好像喝醉了。”

“喝醉了就离我远一点儿。”

“不要，我要抱着你。”

“谁要你抱啊！臭死了！”

于晁闻言，还真的闻了闻自己身上的味道：“很臭吗？你嫌弃我了？”

“嫌弃死了！”

于晁不管不顾，耍无赖：“没事，等会儿洗洗就变香香了。”

后来下了车，于晁自己走路还摇摇晃晃的，却非要抱谢灵凌上楼，气得谢灵凌狠狠地在他脸上掐了一把：“于晁！你酒醒了就死定了！”

“老婆，你要叫我老公。”

“叫你个大头鬼！”

结婚了，以后就都是一家人了。那时候的谢灵凌也没有意识到，因为于晁的到来，他们家的家庭氛围有了很大的变化，变化最大的就是谢灵凌的爸爸谢温韦。

都说丈母娘看女婿，越看越喜欢，谢温韦也很喜欢于晁这个女婿。于晁这人做事情周到，逢年过节都少不了要提着礼品去老丈人家拜访。一来二去，他们的关系越来越熟络。

邻居看到谢温韦这个女婿，总少不了要夸几句，长得可真精神，老谢可真有福气！谢温韦备感骄傲。

谢灵凌和于晁夫妻两人的小日子就这么开始了，没有惊天动地的爱情神话，也没有此生不离的山盟海誓，有的只是和所有普通人一样的简单生活。

在这个小县城，人们的日子很简单，柴米油盐酱醋茶，日出而作，日落而息。

只不过，于晁到底还是存了一些小小的心思，他知道谢灵凌怕麻烦，但还是想要为她准备一场独一无二的婚礼。

5月初的某一天早晨，谢灵凌睡到自然醒，早早等候在她家的化妆师和造型师见她醒了，连忙迎上去。

谢灵凌正一头雾水时，耳边递来一部手机，她听到里面传来于晁的声音："老婆，你什么都不用做，也什么都不用想，我把一切都准备好了。"

谢灵凌不傻，当即明白过来眼前的一切意味着什么。

接下来的一切也正如于晁所说，她完全不用操心。有专业的化妆师帮她化妆，有专业的造型师为她穿上刚好合身的婚纱。

接着，新郎于晁突然出现，抱着谢灵凌下楼，坐入婚车。

婚礼的地点定在郊区一个被特地布置的草坪，头顶的粉红气球营造出浪漫的氛围，现场到的全都是他们最亲密无间的好友，有他们昔日的老同学，也有于晁的战友、朋友。

谢灵凌的好友周宛身着伴娘服站在草地上哭红了双眼，着实给了她一个巨大的惊喜。

于晁的伴郎则是那个才二十出头的小伙子陈星时。

婚礼仪式开始。

于晁站在谢灵凌面前，单膝跪地："命运待我不薄，以前我一直以为，暗恋你这件事不过是我一个人的独角戏。十一年是一个漫长的数字，却也是眨眼之间。人生或许没有多少个十一年，但接下来我所有的十一年都将与你有关。"

仪式结束，谢灵凌将自己的手捧花交到好友周宛的手中。周宛一双眼睛红得跟兔子似的，哭得那叫一个惨。

这场婚礼不用敬酒，也没有复杂的人情往来。但让谢灵凌意外的是，在这里她见到了自己那位所谓的初恋董奇文。

谢灵凌上一次见董奇文是一年多前。

又胖了一圈的董奇文手上端着一杯香槟，笑嘻嘻地朝谢灵凌走过来，贼兮兮地对她说："真没想到啊，你居然和于晁结婚了。"

谢灵凌今天美极了，她的婚纱不厚重，全都是纯手工打造，风吹起她的头纱，她精致的五官在纱帘中若隐若现。

当年董奇文和谢灵凌交往过一段时间，最后他发现自己和她其实并没有很多话题可以聊，所以才会去找其他女孩子聊天。那以后董奇文也明白，做男女朋友这种事情不能光看脸，三观契合也很重要。

有一件事董奇文憋在心里很多年了，这次来参加婚礼，索性就对谢灵凌说了："老实跟你说了吧，当年我打动你的那封情书其实是我从于晁那里拿过来的。"

谢灵凌一怔。她的笑意僵在脸上，惊讶、开心，又有些不甘。

兜兜转转这么多年，她竟然到今天才知道，那一年打动她的那封情书原来是于晁写的。如果不是董奇文的话，有没有可能那个时候他们会有更多的联系，甚至交往……

董奇文有些尴尬地抓了抓脑袋，说：“那是于晁写的作文，他跟你说过吧？”

谢灵凌摇摇头：“没有。”他什么都没有说。

董奇文叹了一口气，摇摇头：“他这个人啊，有时候真的轴。”

谢灵凌忍不住反驳：“他很好。”

董奇文笑了笑：“就是不知道，于晁那小子是不是从那个时候就喜欢你了。”

谢灵凌替于晁回答：“是的，这个傻瓜暗恋了我十一年。”

董奇文感慨：“这大概就是天注定的缘分吧。”

谢灵凌欣慰地叹了一口气：“谁说不是呢？”

站在一旁的周卢眯了眯眼，转头问谢灵凌：“敢情不是我撮合你们的？”

谢灵凌乐不可支。

她转过头，见不远处的于晁脱掉了正式的黑色西装，只穿一件白色衬衫，许是这种热闹的气氛感染，他微微卷着袖子，被消防队的一帮人围着做掰手腕的游戏，那场景，像梦回学生时代，充满欢声笑语。还好，一切都不算太晚。

于晁笑得好开心，他下意识侧头，对上谢灵凌的视线，两个人相视一笑，嘴角都洋溢着幸福的笑容。

这一刻的画面似乎可以永远定格，绿色的草坪，蔚蓝的天空，音响里缓缓流淌着属于婚礼的温馨音乐：

一定是特别的缘分

才可以一路走来变成了一家人

他多爱你几分，你多还他几分，找幸福的可能

从此不再是一个人

要处处时时想着念的都是我们

你付出了几分

爱就圆满了几分……

第十三章
不再回来

这一次，于晁不用再等待十一年，

他们也不会擦肩而过。

上完二十四小时的班，下班是上午八点，于晁回家的时候路过街口的早餐铺时，会为谢灵凌买上一份她最爱吃的甜豆腐脑。多数时候谢灵凌这个点都还在睡觉，她的作息不规律，于晁从未强求过她一定要早睡早起，只要她开心就好。

结婚真好，于晁无时无刻不这么觉得。结婚以后这个家里不再只是他一个人，他每次回去，家里都会有等待着他的妻子。

于晁爱谢灵凌，他无法用单位去衡量这份爱意究竟有多少，只不过是从年少时的无声暗恋，到现在的炽热爱恋，他对她的爱只多不少。

有时候只是那么静静地看着谢灵凌在忙她的事情，他都觉得心满意足。

于晁轻手轻脚地打开家门，先把东西放在桌上，再去卧室亲一亲谢灵凌。他真不是有意去骚扰她，可是忍不住，一看到老婆就想去抱一抱，亲一亲。有时候半夜醒过来，他也会下意识抱着她亲一亲她的额头，用自己的脸去蹭一蹭她的脸。

被吵醒的谢灵凌也不会恼，她会伸手圈住于晁的脖颈，闭着眼睛软着声问他："几点了呀？"

"八点十五。"于晁每次上了晚班回来都是这个点。

谢灵凌偶尔会抱怨他晚上不在家，说自己一个人在家里很无聊。可是消防队工作特殊，于晁也无可奈何。

于晁的声音总是很轻，他低声在她耳边询问：“要不要起床吃早饭？”

谢灵凌犯懒，摇头：“我好困。”

“好，我去洗个澡，回来陪你睡。”

后来睡是根本睡不成的，大清早的，于晁会先拉着谢灵凌做一场运动。通常情况下都会超过谢灵凌的体力负荷，然后她会累得再睡个回笼觉。

于晁喜欢抱着谢灵凌睡觉，尤其是他早晨下班回来，将房间里的遮光窗帘一拉，昏暗的房间里只有他们两个人，像整个世界都是他们的。

结婚真好啊，于晁又忍不住感慨，当他的手臂上枕着她的脑袋，当他亲吻她的额头，这一刻，于晁突然觉得自己前十一年的暗恋是那么幸福，时间好像从未从他的指尖溜走，相反，却拉近了他和她之间的距离。

他可以这样抱着谢灵凌一辈子，直到永远。无论是十七岁、二十七岁、三十七岁，还是九十七岁，他都会永远这么爱她。

如果有来生、来来生，他还要和她在一起。

2012年6月15日，结婚不到半年，谢灵凌就怀孕了。

检查出怀孕是在一个清晨，谢灵凌趁着于晁还在熟睡当中，偷偷摸摸地拿着验孕棒到卫生间里检验。

结果出来的时候，谢灵凌的心扑腾扑腾跳得很快。她说不上有多么喜欢孩子，但是对于自己和于晁的孩子，她是期待的。

谢灵凌很清楚，于晁喜欢孩子。虽然他从来不在她面前提到要生孩子的话题，可她就是知道。

巧合的是，今天刚好是于晁的生日。

看着验孕棒上的两条红线，谢灵凌在卫生间里平复了一下心情后，蹑手蹑脚地准备回卧室，不想吵醒于晁。但这个点，于晁还是醒了。

他见她不在床上，下意识坐起来喊："老婆。"

谢灵凌拿着验孕棒的手放在背后，企图不动声色，可难掩脸上的兴奋。

于晁一看她这副要笑不笑的样子，就知道她肯定有事瞒着他。但他没想那么多，就跟着傻乎乎地笑："什么好事啊？这么开心。"

谢灵凌抿着唇笑，清了清嗓子，对于晁说："今天是你生日哦，先祝你生日快乐！"

于晁揉了揉惺忪的双眼，从床上下来抱住谢灵凌，把脸埋在她的肩上，像只大金毛似的撒着娇说："谢谢老婆大人。"

谢灵凌问他："想要什么生日礼物吗？"

于晁想了想，一时间还真想不出来要什么。

自从领证结婚以后，每天清晨醒过来，他都会感慨：结婚真好啊！尤其看着躺在自己身侧的谢灵凌，他的嘴角总会忍不住地上扬，再上扬。多年的暗恋终于得偿所愿，他不敢再奢求什么。

谢灵凌实在是憋不住，索性把验孕棒拿了出来。

于晁这个傻大个儿，一开始完全没有反应过来这是什么东西，一直到他琢磨出谢灵凌那笑意，他才反应过来："这是验孕棒吗？"

谢灵凌点点头。

于晁似乎瞬间顿悟了什么，他急忙从谢灵凌手上接过这个验孕棒看了眼，虽然看不懂这两条红线代表什么，他却止不住地心潮澎湃。

谢灵凌小声地宣布："于晁先生，恭喜你，要当爸爸啦！"

于晁低着头，有几秒钟的时间脑袋像是"当机"，他死死地盯着手里的验孕棒，继而一把将谢灵凌抱了起来，原地旋转了好几圈："我要当爸爸了，我要当爸爸了！"他是真的很高兴啊。知道自己要当爸爸的人笑得像个大男孩。

谢灵凌攀着于晁的肩膀，同他一起笑着："是啊，你要当爸爸啦！我也要当妈妈啦！"

于晁笑着笑着眼眶就红了。他抱着她在沙发上坐下来，把脸埋进她的怀里，让自己的泪水浸透她的衣襟。

自有记忆起，于晁就没有哭过，哪怕当兵再累，哪怕出任务再苦。他的感动似乎并不在于谢灵凌怀孕，而是忽然想到这一路走来所经历的一切。他们的生活是那么平淡，却又那么温馨。

谢灵凌同样感动，她下意识地伸手摸了摸自己平坦的小腹，虽然无法想象这里面孕育着一个小小的生命，可她的期待从这一刻开始蔓延滋生。

一个新生命的到来，也将让于晁和谢灵凌的人生产生巨大的变化。从此以后，他们不再是两个人，会变成三口之家，或许还会变成四口之家。

大概所有夫妻之间的相处模式都是如此，他们相知、相爱、结婚、生子……人生的旅程看似一眼到头，可每天都有一些小小的期待。

结婚真好啊，谢灵凌也无时无刻不这么想。

谢灵凌想吃甜食，于晁骑着小电驴绕了整个县城，专门买来那款她心心念念的小蛋糕。

谢灵凌想出去玩，于晁开着车载着她到郊区的田野上去走一走，到不了天涯海角，但有满地的野花、昏黄的夕阳。

谢灵凌不想走路，于晁便背着她，从街头走到自家门口，他非但不嫌累，还一口一个老婆：“老婆，我给你喂的好吃好喝的都长到哪里去了？”路灯将他们交叠的身影拉长又缩短，于晁背着谢灵凌，说，“等你老了，走不动了，我也这样背着你。”

谢灵凌笑：“好呀，你最好说话算话。”

于晁想象着自己未来变成一个老头的样子，忍不住一笑，又想到谢灵凌变成一个小老太的样子，忽然伤感起来。

只要于晁在身边，谢灵凌就是这个世界上最幸福的女人吧。

大大的世界，小小的县城，他们的爱在肆意生长，永不停止。

2013年1月31日，结婚第一年纪念日，谢灵凌怀孕刚满六个月。

这天是谢灵凌产检的日子，于晁陪着她一同前去医院。于晁工作特殊，经常一个电话就要赶去出任务。不巧的是，这次产检半路上于晁就被一通电话给叫走了。

谢灵凌早就习惯了于晁的工作性质，对于自己一个人去产检这件事并没有抱怨。可是奇怪的是，那天在产检的时候，所有人看她的眼光好似都不同。

每次做产检排队和拥挤都无法避免，所以公立医院的医护人员脸上也大多带着疲倦的神色。可谢灵凌发现，今天的医护人员对待她格外耐心，平日里严肃的护士甚至还冲她露出微笑，告诉她：“一个人要小心哦。”

怀孕六个月的谢灵凌小腹已经有了明显的隆起，她独自一个人准备排队拿单子的时候，站在她身边的一位男士拍拍她的后背，对她说：“我老婆也来拿单子，我帮你一起拿吧，你可以坐在那里等一下。”

谢灵凌惊喜又感动，跟对方道了声谢谢。

后来她乘坐公交车准备回家，在上车的时候，身后的人主动扶了她一下，笑着提醒道：“注意上车的台阶。”

谢灵凌以为是自己这个孕妇格外受到优待。一直到家，她脱掉自己身上的外套时，才看到后背贴了一张小字条。

字条上是于晁的字迹，写着：“我老婆有孕在身，我因紧急任务不能伴她左右，还请大家多多关照。敬礼！消防员战士于晁。”

2014年1月31日，结婚第二年纪念日，谢灵凌和于晁的孩子已经出生半年多。

于子濯是个七斤重的大胖小子，这臭小子可没少让谢灵凌在孕期遭罪。

怀孕前四个月，谢灵凌吃不下睡不好，每天都要遭受孕吐的痛苦。别人在孕期时体重或多或少都会增长一些，她却瘦了整整十斤。

于晁几乎每天都变着法子想让谢灵凌开心，她睡不着，他也跟着不睡。她孕吐，他一定会体贴地陪伴在一旁。很多时候于晁都后悔，不该让她怀孕。

好在四个月后，谢灵凌的妊娠反应不再明显，她的胃口也逐渐变好，于是于晁又变着法子每天做好吃的给她吃。

最难熬的大概就是最后两个月，随着肚子一天天增大，睡觉成了谢灵凌最大的一个难题。为此，于晁亲手做了一个符合孕妇人体工学的抱枕，让她能够睡得稍微舒服一些。

孩子出生的第一时间，于晁一脸严肃地警告儿子：“臭小子，这十个月，你让妈妈多辛苦，你知道吗？以后你敢让你妈妈生气伤心，老子让你吃不了兜着走。”

谢灵凌无奈地对于晁说：“你不准凶我儿子！”

从孩子出生起，但凡于晁在家里，照顾孩子的一定是他。他不在家时，也会再三吩咐保姆尽心照顾。

对谢灵凌来说，无论是产前还是产后，她从未有过半分后悔。

2015年1月31日，结婚第三年纪念日，谢灵凌和于晁一起去A市旅游。

一大清早，谢灵凌睡眼惺忪地被于晁从床上抱起来。

谢灵凌带于晁去她就读过的大学、生活过的地方，不料于晁却比她要熟悉。

曾几何时，于晁也数次来过这个城市，只是为了能够看一眼谢灵凌。而现在，他骄傲地牵着妻子的手，对她说：“老天对我真好啊！”

他们路过一家未来邮局，谢灵凌心血来潮，拉着于晁进去。未来邮局，也叫时间胶囊，可以给十年后的亲友写信、记录梦想等。

自从谢灵凌得知高中时候那封情书是于晁写的，便整天嚷嚷着要他给她写情书。可于晁难得地在这件事上扭扭捏捏的。

那天在谢灵凌的威逼利诱下，于晁坐在邮局里，一字一句认认真真地给谢灵凌写了一封情书。而这封情书会在十年后寄给她。

谢灵凌呢，自然也写了一封信要寄给十年后的于晁。

2016年1月31日，结婚第四年纪念日，于晁开始备考县城的公务员。

有了妻子、儿子之后，于晁也更明白自己肩上承担的责任。一家三口过着简简单单柴米油盐的日子。

有了孩子之后，家里更多了欢声笑语。三个人在晚饭后到家门口的公园散散步，人高马大的于晁将儿子架在肩上，小家伙高兴得嗷嗷叫。

经过再三思考，于晁还是决定在三十五岁前考个公务员。他不求工资有多高，也不求福利待遇有多好，只求稳定，至少，公务员工作时间稳定，能够陪伴妻子、儿子的时间也会更多。

可众所周知，考公并不是一件简单的事情，为此，三十三岁的于晁开始挑灯夜读。

当然，于晁一旦下定决心做什么事情，就没有不成功的。考公不是一件容易的事情，但事在人为。

也是在当年，于晁成功上岸。

2017年1月31日，结婚第五年纪念日，于晁最后一次出任务。

今天去上班时，谢灵凌还在睡觉，儿子也还在赖床，于晁临走前亲了亲谢灵凌的额头，小声地对她说："五周年快乐。"

谢灵凌眯着眼睛撒娇。于晁笑着又亲了亲她，转而摸了摸儿子的脑袋。

于晁答应谢灵凌，这次任务结束之后，他将结束在消防队的工作。以后，他在市政府的工作将要轻松许多，也将会有更多的精力分给家庭。

可是那天出任务，于晁再也没有回来。他第一次对谢灵凌食言了。

* * *

今天是于晁和谢灵凌结婚五周年的纪念日。

下午三点的时候，于晁给谢灵凌打了个电话，他说有个任务，晚上回家可能会迟一些。

谢灵凌不乐意地轻哼："就不能请一天假吗？今天是五周年欸。"

于晁笑，声音低低的，又十分宠溺："老婆大人不生气，好不好？这是最后一天在消防队工作，大概七点就能回去了。"

谢灵凌勉强接受："行吧，那你要注意安全，平安回家哦。"

于晁说："遵命！"

他们两个人结婚后不知不觉也过了整整五年，几乎是弹指一挥间。

这五年，谢灵凌和于晁相知相爱、温馨甜蜜，他们两个人真真没有吵过一次架，偶尔意见不和，于晁总会耐心地坐下来和她一起分析，叫她心服口服。和于晁这样一个男人在一起，谢灵凌经常感慨自己为什么没能早点儿和他相爱。

回想起五年前去领结婚证那会儿，谢灵凌还有些感慨。那天完全是心血来潮，她甚至不知道和于晁以后究竟会如何。可恰恰是因为那份冲动，她做了这辈子最正确的决定。

为了结婚五周年这么有特殊纪念意义的一天，谢灵凌特地把宝贝儿子送到他奶奶家里，打算和于晁过二人世界。

往年的纪念日都是于晁忙前忙后，今年终于轮到谢灵凌大显身手了。

谢灵凌亲自下厨，做了满满一桌的好菜。她站在厨房看着自己炒焦的排骨捧腹大笑，虽然她的手艺不太行，但可以想象于晁先生一定会闭眼夸。他总是这样，无论她做什么事情，他都会给她百分之百的信心。

算算时间，距离于晁回家还有一个小时，于是谢灵凌去洗了个澡，换了一套裙子，化了一个淡妆。她还在花瓶里插上了于晁最喜欢的向日葵，等待他回家。

谢灵凌心里其实早就有些松动，她想和于晁生个二胎，最好生个女儿。虽然于晁从未在她的面前提过二胎的事情，可她看得出来他挺想要个女儿的。

谢灵凌想，她这个年纪再要个二胎还不算高龄产妇，现在于子濯也长大了一些，可以帮忙一起照顾妹妹或者是弟弟了。

如果她把这个想法告诉于晁，他一定会很开心。

谢灵凌那晚满心欢喜地在家里等到了后半夜，最后等到的却是于晁的领导敲响了她家的房门。

房门打开的那一瞬间，谢灵凌心里就有一种很不好的预感。

领导和另外两名消防队的战士与谢灵凌对视很久，眼眶泛红。在这一刻，所有的无声替代了有声。

接下来的话，谢灵凌好像一个字都听不进去，她问："于晁呢？"

领导红着双眼、颤着声音对谢灵凌说："于晁同志于昨日救援任务中不幸牺牲——"

谢灵凌没哭，双眼失焦地望着眼前的人，又问："于晁呢？"

她不敢相信，没理由相信。怎么可能呢？于晁下午的时候还和她通过电话的呀，他说他晚上七点就会回来了，他说过自己会平安回家的。

他以前出任务也经常很晚回家，但都会安全回来的。他答应过她的，每次出任务都会平安回来的。

"……请节哀。"

她怎么节哀？没有告别，没有遗言，一切发生得毫无预兆。生不见活人，死不见全尸。

谢灵凌不知道自己是怎么来到殡仪馆的，她的双脚不像自己的。

冰冷的殡仪馆里，两排消防队战士摘了帽子站在两旁，齐刷刷地看着谢灵凌，个个红了双眼。

谢灵凌见到给于晁当过伴郎的陈星时，她朝对方一笑，问他："于晁呢？"

陈星时只是哭，不停地哭，一个一米八几的大男人哭得像个孩子似的。

有什么好哭的呢？谢灵凌哭不出来，她觉得太不真实了。这肯定是个玩笑吧？今天是于晁在消防队工作的最后一天，大家是不是想要捉弄她？给她一个惊喜？肯定是这样的吧。

没有任何一个人催促谢灵凌，也没有任何一个人开口说话。

谢灵凌的脚步有点儿飘，麻木地跟着身旁的人走进一个阴冷的房间。

停尸间有一张小小的床，床上盖了一条白布。有一个人告诉谢灵凌，上面躺着的人是于晁。

周围是针落有声的安静，停尸间有一些机械运作的声响。这里很冷，很冷。

谢灵凌准备去掀开白布的时候，有人颤着声开口提醒她：“身体……99%的面积烧焦……”

谢灵凌的手指停留在白布上，她看到了停尸床上裸露在白布外面的一只手。那只手全部被烧焦，手指甚至残缺不全，但无名指上戴着一枚纯金的戒指。

谢灵凌对这枚戒指再熟悉不过。她记得自己曾经对于晁说过，钻石是二十一世纪最大的骗局，黄金更保值。

她淡然地转过身，肯定地说：“这个人不是于晁，不是的！”

于晁说过，烧伤和烫伤是最疼的。他那么怕疼，怎么可能是他呢？他才没有那么傻。

“2017年1月31日22时许，于晁同志在抢救天然气爆炸受伤群众时遭遇意外，不幸身受重伤，以身殉职，年仅三十四岁。”

今年是于晁在消防队的第十三个年头，他为这座小县城守护了十三年。

有一位年轻的消防员牺牲的消息在小县城里传开，可很快，这则新闻又会被无数新闻淹没。

每一年都会有很多的消防战士因为抢险救灾不幸牺牲，他们的名字或许不会被永远铭记，可在生命的最后一刻，他们用自己年轻的躯体保卫了他人的安全。

谢谢你们！

5月的时候，街道两旁的梧桐树长出了全新的枝丫。

距离于晁的葬礼已经过去了整整三个月，但谢灵凌始终无法接受，她一直觉得于晁没有离开。她肯定，或许某一天于晁会敲开家门，咧着嘴笑着对她说："老婆，我平安回来了！"

天气很好，谢灵凌带着于子濯在公园里散步。

于子濯马上就要过四周岁的生日了，他今年上中班，五一放假五天，嚷着要去公园玩轮滑。

以往大都是于晁带着于子濯去玩轮滑，他力气大，会小心翼翼地牵着于子濯的手，耐心地一遍遍教导于子濯："摔倒了再爬起来，男子汉不要怕疼。"

谢灵凌一般都会坐在公园的石板凳上远远地看着他们父子俩，偶尔心血来潮就会录下一段视频。她手机里有很多照片，大都是记录于子濯的成长，当然也有于晁的。

于晁很上镜，他不爱拍照，但每一张拍下的照片都很帅气。其中有一张寸头的证件照是谢灵凌最喜欢的，总觉得看起来特别严肃、正直。

谢灵凌想起，好多年前她在同学会上捡到于晁的钱包，意外发现钱包里竟然塞着一张她的照片。那张照片早被谢灵凌给弄丢了，于是于晁总缠着要她赔。

还要怎么赔呢？她整个人都赔给他了呀。

想到这里，谢灵凌嘴角微微上扬。

忽然，于子濯指着不远处的一个男人大喊：“爸爸！是爸爸！”

谢灵凌一怔，顺着于子濯所指的方向望过去。

不远处，有个高大的男人背对着他们母子站在一棵梧桐树底下，男人弯腰，捡起一片爱心形状的树叶仔细端详。

曾几何时，于晁也是这样傻乎乎地捡起一片树叶献宝似的递给谢灵凌。

而那道身影和于晁几乎一模一样。谢灵凌根本没有多想，她撇下于子濯，飞奔着朝那个男人跑过去。

那个男人似乎感应到了什么，缓缓转过身来。

谢灵凌的脚步停下，他不是于晁，虽然背影相似，但他并不是于晁。

她的于晁从来不会用这种冷漠的眼神望着她，她的于晁也不会对她视而不见，她的于晁更不会在见到她之后转身离开……

这一刻，谢灵凌缓缓地蹲了下来，泪水决堤。

于子濯气喘吁吁地跑到谢灵凌的身边，企图将她搀扶起来，说：“妈妈不哭，妈妈不哭，爸爸会回来的。”

谢灵凌的双眼被泪水模糊。整整三个月，她似乎在这一刻才彻底明白了一件事，她的于晁好像不会再回来了……

* * *

【尾声】

2018年1月31日，天气晴。谢灵凌从花店回来时，于子濯已经被他奶奶接到乡下准备过寒假。谢灵凌很幸运，她有一个非常善解人意的婆婆，只要婆婆有时间，就会过来帮她一起带于子濯。不仅如此，婆婆还会开导她、引导她。在她最难熬的那一年，婆婆给了她最大的鼓励。偶尔谈论起于晁，婆婆清秀的脸上满是怜惜。她对谢灵凌说，于晁这个人从小就固执，认定的事情十头牛都拉不回来……提到于晁，谢灵凌的神色总会迅速黯淡下来，瞬间就会陷入无尽的回忆当中。

婆婆会拍拍谢灵凌的肩膀，告诉她："日子要过下去，人要往前看。"

很多人都说这个世界上没有感同身受，但婆婆或许是最能够对谢灵凌感同身受的人。她中年丧夫，老年丧子，相较谢灵凌，命运似乎待她更不公平，可她从来不怨天尤人。

夕阳西下，谢灵凌独自一个人坐在书桌前，拿出日记本和一支笔，缓缓地写下：

于晁，这是我们两个人第六年的结婚纪念日。

不知不觉，你已经消失了整整一年。这一年的每一天对我来说都度日如年，我有时候经常会想，一年前如果那天我执意不让你去上那最后一天的班，你就不会离开我，对不对？如果那天你给我打电话的时候我们能多说几句话，会不会改变一些结果？如果我能像小说里写的回到过去……我是不是太异想天开了？

我最近经常会哭，有时候站在厨房想到以前你给我做饭的样子，我的眼泪就不自觉地流下来，有时候坐在客厅想到你以前抱着我一起看电视，我的眼泪也会不自觉地流下来。要是眼泪能够卖钱，我大概已经是亿万富翁了。

不过，我决定从今天起不哭了！有什么好哭的呢，对不对？你也不会想看到我哭吧。

于晁，这是我们两个人第七年的结婚纪念日。

我比我想象中要更加勇敢呢，你的儿子于子濯也很乖。他早就知道你离开了我们，去了很遥远的地方，有一天跟我说："妈妈，虽然爸爸不在你身边，可是我会保护你的。"

于子濯很乖，是不是？你教得真好。如果你还在的话，一定可以教他更多。你以前还说要教他武术、书法，每天带他去晨跑，你食言了。

对啦！于子濯今年五岁啦！他说自己长大了要当警察，要穿上戎装，保家卫国，他要像他爸爸那样为人民服务。他马上就要上小学了，这个家伙有一点不乖的地方就是不爱写作业。辅导小孩子写作业真是这个世界上最最最令人头痛的问题了！我记得那个时候你每天晚上都会和于子濯讲故事哄他睡，抱歉，我好像没有那个耐心。

于晁，我昨晚梦到你啦！梦里的你特别特别真实，好像从未离开过我。你抱着我，亲吻我，说明天给我做我最喜欢吃的糖醋排骨，还说要把儿子扔给他奶奶带两天，这样我们就可以过二人世界了……

后来我突然醒了……你根本不在我身边。我多希望这个梦可以一直一直做下去啊。

于晁啊，你在那个世界过得怎么样呢？你有没有想我呢？

于晁，这是我们两个人第八年的结婚纪念日。

今年的清明节一直在下雨，我买了一束向日葵来到你的墓碑前，有很多话想说，却一个字也说不出口。

我始终觉得你不曾离开，生要见人，死要见尸，我连你的尸首都没有见到，所以你还活着，对不对?

今天我在路上见到了一个特别特别像你的人，只是背影像。我像疯了似的一直跟着他，跟着他……直到他转过身来，我的眼泪也跟着落了下来。

抱歉，我答应过不哭，可还是忍不住落泪了，我真是一点儿都不坚强。

于晁，这是我们两个人第十年的结婚纪念日。

我今天才意识到，原来我们的结婚纪念日就是你的忌日，你看我傻不傻?我有时候在想啊，那天你走的时候，是不是有很多很多话要对我说呢?我猜，你肯定又要对我说:“圈圈，要按时吃饭，要照顾好自己……”

这么多年过去，我好像终于接受你离开了我的事实，但是还是很感谢你，给了我最幸福的六年。

悄悄跟你说，我昨晚又梦到你了。你穿着一身黑色的西装，特别特别帅，你还跟我说会永远和我在一起。梦境特别特别真实，所以你真的回来了，是不是?

于晁，这是我们两个人第十三年的结婚纪念日。

今天我收到了你寄给我的信。奇怪吗?哈哈，这真是你写给我的信呢。你还记得结婚第三年的纪念日时，我们一起去的一家未来邮局吗?其实我早就已经忘了这件事，收到信的时候，我忍不住还是哭了。

整整两张信纸，密密麻麻，你可真能写啊……突然又想，怎么不再多写一点儿呢？

于晁，你暗恋了我十一年，我们相恋一年，结婚五年。我们已经比绝大多数的人都幸福了，对不对？我觉得，做人不能够太贪心。我很知足了。

于晁，这是我们两个人第十五年的结婚纪念日。

我今年四十三岁啦！可是周围的人都说我看起来像才三十出头，还有人说要给我说媒呢！这是不是一件值得傲娇的事情？我甚至还去见了几位男士，可是都不对，每一个人都不是你。

我已经很久没有梦到你了，你为什么不来我的梦里呢？你把我忘了吗？

于晁，这是我们两个人第十八年的结婚纪念日。

时间过得好快，于子濯也快满十七周岁了。儿子马上就要成年了，可我好像越来越老了。你现在要是看到我的样子，一定会觉得我很丑吧。可我的记忆里，你还是以前的样子，一点儿都没有变。

于晁，可是我还是好想你，怎么办呢？每个晚上都想梦到你，你来我的梦里，好不好？

于晁，这是我们两个人第十九周年的结婚纪念日。

我好像得了一种怪病，我怎么都睡不着。我想，只要我睡着了，我就能看到你了。可是你为什么最近都不来我的梦里了呢？我好久好久都没有见到你了，我好想好想你。

于晁，让我见见你吧，求求你了。

第二天，谢灵凌被发现的时候身体已经冰冷，她的手上有一瓶空了的安眠药，可她的嘴角还带着一抹温柔的笑意，走得十分安详。

没有人知道，那晚谢灵凌梦到了于晁。

她梦到他们在高中时第一次相遇，少年白衣黑裤，手捧着一个篮球与她撞了个满怀。午后的热浪肆意席卷而来，他刚毅的脸上带着晶莹的汗水，满脸的腼腆和羞赧。

这一次，于晁不用再等待十一年，他们也不会擦肩而过。

谢灵凌迈着坚定不移的步伐朝于晁走去，她终于可以和他永远地在一起了。

出版番外
我多期望时光能够再长久一些，
晨钟暮鼓，风吹树摇，我能和
你牵手到白头。

时隔十年的情书

于晁和谢灵凌在结婚第十三年纪念日的那天一早，中国邮政的送件小哥将这封信放在了谢灵凌家楼下的信箱。

谢灵凌看到这封信的时候已经是傍晚。

她颤着手将信从信箱里拿出来，在看到“圈圈收”这几个字眼的时候，眼泪不自觉地已经落下来。独属于于晁的苍劲字迹在十年后鲜活地展现在谢灵凌面前，仿佛他本人根本没有离开。

那天一直到深夜，谢灵凌始终没有勇气打开这封信。她怕，怕自己看完这封信之后，和于晁之间就再也没有任何羁绊。可她又很想打开这封信，想看看于晁对她说了什么。

谢灵凌的动作很慢很慢。她轻轻地将信封封口一点点撕开，尽量让封口整齐划一，伪装成并没有被打开过的模样。

信纸最后从信封里被取出，经过十年，白纸上的黑色墨水依旧鲜艳如初。

谢灵凌想起十年前他们两人坐在邮局里相互写信时，于晁别别扭扭，久久落不下去笔。一直到谢灵凌写完一封信，他才开始动笔。可他不让她偷看，背对着她，一双耳根泛着红。

这封信，于晁足足写了一个多小时。

他究竟写了什么呢?

时至今日，谢灵凌终于看到答案。

圈圈：

我一个三十几岁的大老爷儿，你让我写情书，真是为难我。

可我是一直想给你写这封情书的，很想很想，想到，我不知道该如何下笔，来表达我对你的喜欢，对你的爱。

这封错过多年的情书间隔十年才寄到你的手里，算不算晚?

我想，应该是不晚的，这辈子能遇到你，爱上你，和你在一起，无论是何时，对我来说都不晚。

你说，十年后的我们会在干什么呢? 不对，现在已经是十年以后了。

我想，这封信应该是我从信箱里找出来的，因为你肯定忘了还有时间胶囊这件事吧? 你这个人啊，总爱丢三落四，记性也差。不过，没关系，有我在。你丢了的东西，我帮你找，你记不得的事情，我帮你记，还有你老了我要背着你。

十年前的现在，我正坐在邮局里，你就坐在我的身旁低头玩手机。其实这座城市我来过挺多回了，都是因为你，但这一次，我是以你丈夫的身份站在你的身边，牵着你的手。真好。

最近我总是在回想我们第一次见面的时候，可能是年纪大了，总爱回忆。

你大概不记得了吧，军训的时候，你就站在我的面前。因为要戴军帽，所以你不得不把长发绾起，帽檐压低，遮住整个额头。在很长一段时间里，我一直没有见过你的正脸，只能看着你的背影。终于在军训的最后一天，当我们所有人围坐在操场上做游戏时，你摘下帽子，视线掠过我，看着我身后的女同学笑，你那双眼弯弯的，像月牙。明明军训七天，这却是我第一次见到你毫无遮挡的面庞。说起来挺奇怪的，那会儿我就觉得你看起来很面熟。

我想，这个小县城那么小，或许我们早在此之前就已经擦肩过无数次。

我退伍回来第一次见你，就是在这个城市。我知道你在这个城市上大学，脑子一热跑了过来，当时心里唯一的念头是见到你，和你说一句话，说什么都行，至于后来又为什么不敢上前，是因为不想打扰你。

那段时间我总是在想，如果我能在学生时代就和你相恋该有多好。我们牵手在校园的绿荫下漫步，一起畅谈未来，相互督促，一起进步。

不过，没关系，相信一切都是最好的安排，现在能和你在一起，我已经知足。

知道吗？现在的我变得贪生怕死了。

自从结婚之后，我时常会做一些噩梦，我梦到自己在任务中牺牲。老实说，以前不是没有做过类似的梦，但我都没当一回事。做消防员之前，我深知这个行业会面临很多危险，可是现在不同了，只要想到未来不能和你在一起，未来你有可能会孤单一人，我就开始怕死。每次去工作，我总会在离开前深深地看你，用力亲吻你，因为我很怕这会是我们之间最后一次见面。

呸呸呸，不说这些话。

我一定会好好的。

圈圈，和你恋爱结婚的这几年，我好像变得越来越贪心了。我一直有个庸俗的想法，说出来怕你笑话，但谁让你是我老婆，我让你笑话一下也没关系吧。我想要和你长长久久，生生世世。

你总说你很惋惜没能在最好的时光跟我在一起，可对我来说，只要是和你在一起的时光就是最好的时光。

我时常感慨，命运待我真好。这场周而复始、百转千回的暗恋，在第十一年年末画上句号，我堂而皇之地进入你的生活，与你相知相恋，步入婚姻殿堂。你知道吗？这段爱情和婚姻从未让我担惊受怕、反复无常，是你让我坚定彼此的以后，拼搏未来。

我多期望时光能够再长久一些，晨钟暮鼓，风吹树摇，我能和你牵手到白头。

圈圈……我要和你一直在一起，永不分离。

如果有下辈子，我们早点相遇，相爱。

2015年1月31日

永远爱圈圈的于晁

一滴泪猝不及防地落在信纸上，停留在信纸上十年之久的墨水突然被化开，如花朵一般绽放，模糊了一大片字迹。

谢灵凌的泪水模糊了双眼。

可是，于晁，你食言了呢。没关系，我不怪你。

下一辈子吧。我会知道你喜欢我。

我们还在这个小县城，我们一定会早点相遇，我们依旧是同班同学。我们不会错过十一年。

梦

晨曦透过厚实的窗帘缝隙悄悄地洒进房间，春日的朝气带着暖意。

叮的一声，手机发出轻微的声响，躺在床上的谢灵凌缓缓地睁开眼。她意识还有些朦胧，长长的眼睫上下扇动着。

不大的卧室里是暖白色的装修风格，一张一米八的大床紧邻着一张小小的婴儿床，床头柜上摆放着一个花瓶，里面插着几朵鲜艳的向日葵。

谢灵凌转过头，身旁躺着于晁，他还没睡醒。

于晁躺在母子二人中间，左边是妻子，右边是儿子，用他的话说，现在真真是在享受天伦之乐。他经常会抱着儿子低声细语："小鱼儿快快长大，和爸爸一起保护妈妈，好不好？"

于子濯哪里听得懂？多数时候他都是用自己肉嘟嘟的小爪子抓爸爸的脸。

于子濯才六个月大，是最折磨人的时候，但只要于晁在家里，照顾孩子的琐碎事情都是他在做。

深夜两点，于晁又是给孩子洗屁股换尿不湿又是泡奶粉喂奶，折腾了大半夜，那时候谢灵凌睡得正香。

不知怎的，昨晚的于子濯特别闹腾，于晁将他抱到客厅里硬生生哄了两个小时，这小家伙才终于有了困意，终于趴在于晁的肩头睡着了。

许是昨晚折腾到太晚了，于晁这会儿睡得正香。他依旧是短短的头发，轮廓清晰的面部，眼睛虽然紧闭着，但睫毛很长。

于晁睡着的模样看起来并不是十分平易近人，嘴唇抿着，张扬的面相看着有些许生人勿近。他没穿上衣，身上的被子才搭了一点，露出线条流畅的脖颈、凸起的喉结，还有宽大的肩膀。

谢灵凌就这么侧躺着贪恋地看了于晁好一会儿，好似怎么都看不够。

很多人都说婚姻是爱情的坟墓，孩子是夫妻之间的导火索，可对谢灵凌来说，这段婚姻让她有了前所未有的安全感。

于晁是她的避风港，也是她的依靠。

在谢灵凌毫无保留的目光注视下，于晁像有心灵感应似的睁开眼。他结实的臂膀揽过谢灵凌，他还有些困顿，但下意识地用唇贴了贴她的额头，低声细语：“几点了？”

“七点多。”

今天于晁没有排班，可以睡个懒觉，谢灵凌让他再睡一会儿。

于晁闭着眼睛，手掌贴着谢灵凌的腰，自然地撩开她的衣摆。整个孕期，谢灵凌也就肚子大了一些，并未见明显长胖。

他睁开眼，漆黑的眼瞳目光锁在谢灵凌身上，嘴角带着淡淡的笑意，继而一把将她抱起，走到隔壁的房间。

谢灵凌哭笑不得地推拒着：“宝宝还在睡呢！”

于晁笑得吊儿郎当：“可不是得趁他睡着的时候？”

再回卧室时，躺在床上的于子濯正眨巴着大眼望着于晁和谢灵凌。

小家伙现在什么都不懂，只看着爸爸抱着妈妈，不哭，也不闹，真是乖极了。

谢灵凌面颊上绯红一片，她催促于晁：“我就说他醒了，快放我下来啊。”

于晁将谢灵凌放在床上，不着急搭理小家伙，低头亲亲老婆的脸颊：“那你再睡一会儿，我抱小鱼儿出去。”

谢灵凌不知道于晁哪里来这么多的精力，刚才折腾了她，他反倒神采奕奕。

她翻了个身，继续睡了个回笼觉。

叮的一声，手机发出轻微的声响，躺在床上的谢灵凌缓缓地睁开眼。她下意识地环顾房间，继而急切地起身走到客厅。

正在客厅里的人听到动静，朝谢灵凌打了个招呼：“妈，你醒了啊。”

已经十岁大的于子濯比同龄人都要懂事一些，他晃了晃自己手上的水煮蛋：“我自己准备了早餐，等会儿吃完就去上学，你再睡一会儿吧，不用管我。”

谢灵凌点点头，脸上带着怅然若失的浅笑。

不过就是一个梦啊。

可那些甜蜜的过往曾经都真实地发生过。

是梦，也是真。

图书在版编目（CIP）数据

有个人暗恋我十一年 / 银八著. — 北京 : 北京联合出版公司, 2023.10

ISBN 978-7-5596-7174-5

Ⅰ. ①有… Ⅱ. ①银… Ⅲ. ①长篇小说–中国–当代 Ⅳ. ①I247.5

中国国家版本馆CIP数据核字(2023)第150868号

有个人暗恋我十一年

作　　者：银　八　　出版监制：辛海峰　陈　江
出 品 人：赵红仕　　责任编辑：周　杨
产品经理：穆　晨　殷　希　谢佳卿　　特约编辑：王苏苏
封面设计：吴思龙@4666啊　　美术编辑：任尚洁

北京联合出版公司出版
（北京市西城区德外大街83号楼9层　100088）
北京联合天畅文化传播公司发行
万卷书坊印刷（天津）有限公司印刷　新华书店经销
字数 200千字　880毫米 × 1230毫米　1/32　8.75印张
2023年10月第1版　2023年10月第1次印刷
ISBN 978-7-5596-7174-5
定价：49.80元